Première de couverture :
Lou Braunsteffer / Francis Fortune

Louisiane C. Dor

Les méduses ont-elles sommeil ?

Si vous avez la chance d'avoir vécu à Paris lorsque vous étiez jeune, alors partout où vous irez ensuite, et pour le reste de votre vie, Paris restera avec vous.

Ernest Hemingway

Préface

Cela commence à sentir le souvenir empoussiéré, à ressembler au paysage qui s'éloigne à l'arrière de la voiture. Pourtant encore lorsque je repense à cette période, qui fut courte mais assez longue pour me marquer le front au fer rouge, un goût amer s'installe sur mon palais et puis mon cœur s'agace. Tout est allé si vite. C'est un peu compliqué à retranscrire aujourd'hui, parce que j'ai déjà rendu tous ces mauvais souvenirs, à l'horizontale sur un divan blanc. J'ai mis des mois infinis à me remettre de ce qui est arrivé entre septembre 2012 et mai 2013, plus particulièrement le 12 mai lorsque j'ai vu ce que j'ai vu. J'aurais pu passer ma vie entière à tenter d'oublier ces huit mois de vie branlante, qui m'ont parus des siècles. Les jours étaient si courts et les nuits si longues, parfois j'avais à peine le temps d'entrevoir le soleil qu'il avait déjà filé. Je rentrais chez moi entre quinze et vingt heures, yeux cernés, mon maquillage avait coulé, presque disparu : j'étais partie la veille au soir.

Je me souviens bien du jour où j'ai quitté Paris. La scène que l'on avait imposée à mes yeux si fragiles était trop insupportable. Je préférais partir de chez Isaac – mon petit-ami – afin de rentrer chez moi, sans mots dire. Laurine n'était pas encore rentrée. Je traînais le pas, zombifiée, paralysée du regard par ce que je venais de voir. Était-ce bien réel ? N'importe quoi aurait pu arriver à côté, je n'y aurais pas prêté attention. J'étais mortifiée, vide, yeux dans le vague, prête à plonger dans le néant. J'avais fondu de l'intérieur. Il fallait que je parte, là, maintenant. Que serais-je devenue si j'étais restée à Paris, ne serait-ce qu'une seule journée de plus ? Mon regard s'est posé sur les cadres photos, alignés sur la commode. Une vingtaine de portraits de Laurine et moi. J'ai attrapé quelques affaires et suis sortie, sans prendre le temps de me changer, ni même de me débarbouiller de la veille. La porte de l'appartement à Télégraphe s'est refermée derrière moi pour la dernière fois. J'ai descendu les escaliers de l'immeuble, lentement, marche à marche, faisant claquer ma valise sur le faux marbre tout au long des quatre étages. Mon air neutre ne me quittant pas, j'attendais le métro sur mon siège, sale et complètement déboussolée, tremblant de froid et de folie. J'étais si calme à l'extérieur, alors qu'en dedans c'était le Troisième Reich. J'imaginais que mes larmes, à défaut de sortir, devaient couler à l'intérieur par litres, créant une piscine de chagrin qui ne tarderait pas à déborder. C'est très certainement pour ça que l'on dit « La goutte d'eau qui fait déborder le vase. » Je fixai le panneau d'affichage – qui indiquait un train dans trois minutes – fermement résolue : je ne prendrai plus jamais le métro Parisien.

1

J'entends encore ce mot qu'elle avait prononcé si simplement, sans même me regarder dans les yeux. Comme si elle me proposait une tasse de café. Ce mot crucial et malsain, qui ne devrait pas même faire partie du dictionnaire :

– Essaye.

Je ne répondais pas et la dévisageai en fronçant les sourcils, l'air de dire « Pour quoi faire ? »

– Essaye je te dis, tu vas voir, ça fait rien.

– Bah si ça fait rien à quoi ça sert que j'essaye ?

J'atterris chez Laurine – cousine très, très éloignée – avec la conviction que Paris m'attendait. C'était le vingt-huit septembre 2012, et les feuilles des tilleuls commençaient tout juste à décorer le sol de leurs tapis orangés. Les petites annonces débordaient d'offres de jobs et de formations : dans ma tête, la semaine suivante, je serai déjà je ne sais où en train d'apprendre un métier fascinant. La vie s'offrait à moi, c'était beau, c'était grand, illuminé, moderne, cosmopolite, c'était le rêve de tous ceux qui n'y habitaient pas, c'était Paris ! Je bassinais Laurine avec mes envies de tout voir, de tout visiter. La tour Eiffel, le Louvre, Montmartre, les bateaux mouches, Planet Hollywood, Walt Disney, Louis Vuitton. Et puis finalement, selon elle, il y avait bien mieux à faire.

– Y'a rien d'autre que des touristes dans ces coins-là, et puis la Joconde c'était ni plus ni moins qu'une prostitué...

Après avoir ravalé un petit rire discret, elle ajouta :

– Ma pauvre petite Hélène. J'ai bien plus moderne pour toi, bien plus 2012 !

Laurine jouait à la nounou en attendant que je trouve de quoi me soutenir financièrement.

« Chez moi, c'est chez toi. » J'adorais son appartement. Un très beau deux pièces décoré façon baroque dont les meubles étaient exagérément grands, ce qui rendait le lieu chic et original. Il y avait de grands fauteuils blancs, un grand lit à baldaquin que nous partagions et un grand lustre noir que j'adorais regarder. J'osais à peine marcher sur la moquette claire du salon, de peur de la salir. J'étais fière d'être tombée dans un si chouette endroit, pas immense mais si accueillant qu'on n'était pas dérangées par l'idée d'y passer nos journées, sans fiche le nez dehors.

Laurine était comptable et passait beaucoup de temps sur son Mac à faire des calculs auxquels je ne comprenais rien. Quand je suis arrivée à Paris, j'avais dix-huit ans et elle trente-deux, ce qui, visiblement, ne nous empêchait nullement d'être complices. Contrairement à moi, Laurine avait étudié longuement. Elle me sortait parfois des références du siècle dernier dont je n'avais jamais entendu parler. Par exemple, cette femme m'a appris que George Sand n'était pas un peintre — et n'était pas non plus un homme.

Les cheveux clairs de Laurine et ses yeux bleu-azur lui rendaient l'air si doux. Elle paraissait être le genre de fille qui donne sans rien attendre en retour. Elle m'hébergeait gratuitement, ne voulait ni argent ni cadeaux ni rentabilisation – quelle forme soit-elle. Papa et Maman m'aidaient financièrement, ce qui me permettait au moins de participer aux courses alimentaires.

Avant que tout cela n'arrive, j'étais niaise. Je mets mon ignorance sur la faute de l'âge, même si je m'en veux d'avoir été aussi vide. Je parlais beaucoup avec des onomatopées, sans rien devant ni derrière. Les mots qui revenaient le plus souvent dans mon vocabulaire étaient « ah bon », « ouais » et « okay ». Pas compliquée à convaincre, il suffisait de me proposer quelque chose deux fois : je refusais la première et acceptais la seconde.

Une semaine venait déjà de s'écouler depuis

mon emménagement dans la ville lumière. Nous étions installées devant la table basse du salon, assises par terre. Les fauteuils de Laurine étaient très beaux, mais bien trop hauts pour pouvoir profiter d'eux et de la table en même temps. Sur un plateau de verre, elle avait modelée avec sa carte bancaire, une petite ligne blanche comme un pinceau de neige. Une jolie ligne si bien tracée qu'on ne voulait presque pas l'abîmer. Elle m'a tendu une paille coupée en deux accompagné d'un regard insistant.

– Je préfère que tu essayes avec moi plutôt qu'avec n'importe qui. C'est juste une fois pour que tu voies ce que ça fait.

Et puis elle a ajouté :

– C'est pas addictif.

Ce à quoi je répondais :

– Bon okay, mais toi d'abord.

Je faisais mine d'être raisonnable, mais la vérité, c'est que je mourrais d'envie d'essayer. J'étais impressionnée devant cette chose que je ne connaissais que de nom et de réputation. Je savais que la cocaïne était une drogue, je savais qu'elle s'enfilait par le nez, et je savais que son *ï* prenait un tréma parce que je l'avais déjà vu écrit sur des casquettes et des T-Shirt. Après avoir essayé, j'allais pouvoir me la ramener dans mon patelin en disant que j'ai touché à de la *C*. Je serais alors bien plus intéressante que ces autres gosses, qui n'ont rien à raconter. Accroupie au sol, j'attendais hâtivement que les effets arrivent ; mais pas même l'ombre de l'un d'entre eux ne daignait se montrer. Je m'imaginais un monde dans le genre *Alice au Pays des Merveilles*. Les objets et les murs allaient sûrement onduler, j'allais halluciner, voir des lapins blancs en retard, pouffer de rire sans plus pouvoir m'arrêter. Dans le monde d'Alice, nul n'a de sens, mais tout est merveilleux. Sauf que rien de tout ça n'arrivait, et je commençais sérieusement à me demander si ce truc blanc que je venais de sniffer n'était pas plutôt une trace de Dafalgan. Laurine me l'avait pourtant dit, que ça ne faisait rien. Mais alors, quel intérêt ?

Je le lui faisais à nouveau remarquer :

– Ça fait rien du tout, ta merde !

Et puis il s'est passé quelque chose d'étrange et d'incroyable à la fois. Nous avons plongé dans un discours si philosophique, que j'ignorais jusque-là que j'avais finalement un morceau de neurone, qui s'était caché dans un coin et attendait patiemment d'en être délogé. Nous avons débattu sur des questions qui nous semblaient existentielles jusqu'à six heures du matin, sans pause, sans manger, sans boire et sans dormir. Deux moulins à parole. Nous nous levions uniquement pour aller au petit coin et pour faire les cents pas car nous étions particulièrement excitées. Tous les X temps, nous reprenions une lignée de poudre magique, sans trop savoir pourquoi — l'instinct — et continuions à parler tant les sujets se bousculaient dans nos têtes. La course aux mots. Comme si les questions que je ne m'étais jamais posées auparavant voulaient toutes sortir en même temps. C’était effectivement bien plus intéressant que la Joconde — et puis le télescope de la tour Eiffel.

*

La Coke a un goût de lessive, surtout quand on l'applique sur les gencives. Elle picote légèrement, puis anesthésie la bouche qui devient shootée elle aussi, de la même manière que celle-ci peut-être molle en sortant de chez le dentiste. Le nez retient cette odeur de lessive pendant quelques secondes et puis la vue change vaguement, avant de laisser place à un sourire XXL.

On bombe le torse, on croise les jambes, on se sent à sa place, on joue les bobos. On joue les bobos et à la fois on aime ce coté junkie, ce coté grunge, cette vie de blanc-nez richou aux collants filés, dans des Doc Martins délassées. On expose son fric et à la fois on le dissimule sous des apparences de clodos. C'est la mode.

Je le sais que c'est la mode, parce que je l'ai vu sur une campagne Converse All Star. C'est tendance d'être cave. *Be fashion : destroy yourself.*

J'étais si heureuse de découvrir la coke. Ce piment mexicain, cette sensation qui manquait à ma vie trop plate. Ma priorité n'était plus de trouver une formation, mais ni plus ni moins, de faire la fête. Le travail pouvait attendre, d'abord je devais sortir, visiter Paris, de jour comme de nuit. Surtout de nuit. Seulement de nuit. Je me suis vite perdue dans la vie parce que je n'avais pas de point de repère. Mon seul exemple était Laurine, elle était grande et belle et lookée, elle avait du goût et sa vie me paraissait fascinante : un copier-coller et le tour était joué.

A qu'elle table doit-on s'asseoir à dix-huit ans ? Grands enfants ou jeunes adultes ? C'était pourtant hier, le temps où mes vêtements avaient l'odeur de la paille, dans laquelle je jouais à longueur de journée, parce que les produits Apple étaient encore trop gros pour être glissés dans nos poches. Le temps où le Lapin de Pâques était de mèche avec la Petite Souris. Le temps des châteaux de sable sur la plage du Lavandou. Le temps où « je comprendrais quand je serai plus grande. » Le temps où je pleurais des larmes de rien sous prétexte que c'était l'heure du caprice. Le temps des tatouages malabars, des osselets, des cassettes-audio rembobinées au crayon de papier, des feutres qui sentaient la fraise, des matins avachie devant les Minikeums avec mon bol de Weetos qui soit dit en passant me permettaient au moins d'être en retard à l'école, des Kinder Surprise qui faisaient perdre une heure et la patience de mes parents, du premier Toy Story que je me repassais en boucle, le temps d'Hélène et les garçons qui m'a valu mon prénom, le temps de Shania Twain, de « *Moi j'ai planté bananes, pourquoi ça pousse pas ?* » , de Manau qui viendra les gars, des après-midi pluvieux à jouer à Super Mario sur la première Nintendo, des bonhommes de neige avec leur nez comestible et de l'équitation les mercredis après-midi : le temps de mon enfance.

Et puis est arrivé le jour où j'ai compris que le ciel — ou je ne sais trop quoi d'autre — offrait à chacun de nous approximativement quatre-vingt-cinq années de vie, et qu'il allait bien falloir les occuper d'une manière ou d'une autre. Ma vie à moi était d'un plat planche-à-pain. Mon quotidien était un soupir d'ennui, qui se laissait rythmer par la pendule à coucou de la salle à manger. Tel un vinyle rayé, tout se répétait sans cesse. La purée jambon était servie à midi-pile dans des assiettes qui portaient nos prénoms. Nous allions à la crêperie du coin tous les premiers mercredis du mois. Ma chambre avait été peinte en rose peu avant ma naissance, et on n'y avait jamais rien changé depuis. La salle de bain était décorée d'une frise à coquillages, la cuisine d'une frise à légumes. Il y a bien une chose qui puisse vous aider à saisir la monotonie de mon adolescence : je m'appelle Dupont. Mon village de cinq-cent habitants nommé « Saint-Ju » ressemblait à une carte postale : immobile et vide de toute population. J'en avais déjà fait le tour un millier de fois. La seule option qui s'offrait à moi et aux autres jeunes du bled était de s'asseoir sur la place en regardant passer les heures. Il n'y avait pas de squat pour picoler nos premières bières en cachette, pas de coin discret pour rouler nos premiers patins. Pas de lavoir pour se baigner tout habillé. Pas d'ennemi à qui on aurait décoré les pins de papier hygiénique. Pas de discothèque pour faire le mur la nuit. Mes amies avaient un futur commun déjà tout tracé : France était en CAP coiffure. Marte en CAP menuiserie. Charlène en CAP vente. La vie sociale et professionnelle de mes parents n'était pas non plus *Oh, joie*. Mon père était fonctionnaire chez La Poste et l'activité principale de ma mère était d'arroser ses géraniums, jusqu'à ce qu'ils faillent se noyer. Mon destin ne pouvait pas être aussi simple que le leur. Aussi plat. Aussi *rien*. Je voulais devenir quelqu'un. « Ailleurs » me semblait tellement loin : Paris était mon rêve et celui de la région entière. La vie en rose ! J'ai alors quitté le gouffre dans lequel Dieu et ma mère m'avaient implantée et ai fait de mon quotidien ce dont je n'avais jamais rêvé : un désastre.

J'entends encore Maman me raconter ses blagues, ces blagues si nulles qu'elle radotait et radotait encore. Tous les midis elle nous sortait un « Oh et dites-donc, j'en ai une bonne, écoutez voir celle-là. » ce à quoi l'on répondait souvent qu'on la connaissait déjà. Moi, j'étais encore plus naze en matière d'histoires, parce que j'étais dyslexique. Du moins c'est ce que je croyais jusqu'à ce que l'on découvre finalement que je ne savais tout simplement pas m'exprimer correctement. Pourquoi ? Parce que j'étais une ado, et que les mots d'une ado arrivent rarement dans l'ordre. « Tu sais pas qu'est-ce que j'ai fait », « Tu devineras jamais c'est quoi qu'il m'a dit » « Toute manière cette nana là tout qu'est-ce qu'elle veut c'est me mettre des bâtons dans les trous. » J'étais si mignonne avec ma queue de cheval blonde, mes jupes de rebelle et mes basket Nike Air roses dont j'étais si fière et que j'ai gardées jusqu'à ce que mon pied rafle le sol, tellement celles-ci étaient foutues. Je suis née rousse, c'est drôle parce que je n'en ai gardé ni la couleur ni les tâches – et tant mieux parce que j'ai vite compris à quel point être roux était un handicap social. Papa tentait à tout prix de me convertir à ses activités du dimanche, sans succès. Fabriquer des perruques avec des bouchons en liège n'avait rien de prioritaire pour une adolescente : le Chat-Roulette était bien plus intéressant ! Je n'avais aucune idée de ce que je voulais faire plus tard, mais ce que je savais, c'est que je ne voulais pas finir comme mes parents. Papa et Maman n'étaient pas ennuyeux : mais leur vie, si.

C'est le profil même d'un adolescent, de vouloir expérimenter ce qui n'a pas besoin d'être expérimenté. On nous dit cent fois que sauter sous un poids-lourd, c'est mortel. Ça a beau être une évidence, on n'y croit pas, on n'y croit pas parce que ce sont les parents qui l'ont dit. Nous avons besoin d'essayer par nous même, de faire une overdose pour nous dire que « oui, peut-être, nous aurions dû écouter Maman. » On crève d'envie de savoir à quoi ressemble réellement ce qu'on nous vend à la télé. Tout ce qui passe sur les écrans semble irréel et inaccessible. Alors lorsque l'on a devant nous ce produit que l'on a vu que dans des clips vidéos, des films américains et des reportages à frissons, on est impressionné. Oui, tout à fait, je compare la coke à Rihanna. Je les compare parce que c'est la même chose. Du rêve, de la propagande, des produits de consommation. La chose à faire n'est pas de nous en parler mal : mais de ne pas nous en parler *du tout*. Ne pas nous intriguer parce que nous sommes tous bien trop curieux et que la curiosité peut réellement être un vilain défaut. On veut boire de l'alcool parce qu'on n'a pas le droit d'en boire. On veut sortir jusqu'à une heure parce qu'on a la permission de minuit. L'adolescent et le bon raisonnement sont deux aimants qu'on tente en vain de coller l'un contre l'autre. On aimerait que ça fonctionne mais c'est inutile d'insister, ça ne fonctionne pas, et ainsi va la vie.

2

Plantée devant moi l'air furieux, elle portait sur elle mon pyjama violet « Relationship with my bed ». Yeux dans les yeux, elle fit craquer ses phalanges. Je me baissai pour dessiner un 8 dans la neige. Quand je me suis relevée, elle était assise en haut d'une fontaine en forme de bouc, qui coulait de l'eau rouge. Elle tapait des pieds sur sa fontaine telle une gamine capricieuse, me répétant sans cesse « Ma fille, tu vas quand même pas devenir comme tous ces gens bizarres qu'on voit à la télé ? » Elle répétait et répétait encore, et moi qui mangeais de la neige à pleines poignées et qui hochais la tête comme pour dire « Non maman, promis, je suis une gentille petite fille ! » et elle qui me répondait encore et encore « Ma fille, tu vas quand même pas devenir comme tous ces gens bizarres qu'on voit à la télé ? »

De rien, elle se mit à hurler « On y va ! On y

va ! » et j'ai senti une chose m'écraser brusquement la jambe : ce qui m'a réveillée. Laurine arracha la couverture et se mit à sauter sur le lit, euphorique. J'ai pensé « J'espère que tu as une raison valable de me tirer de mon rêve de la sorte. » puis me suis dit que finalement, ce rêve ne valait pas la peine de s'étaler d'avantage. Tête dans le brouillard, je regardais Laurine qui ne faisait que hurler « On y va ! On y va ! On y va ! » Mais où allait-on, bordel ?

– Qu'est-ce qui se paaaaaaaaasse, j'ai sorti en baillant.

– On-y-va j'ai dit ! Lève-toi !

– Mais on va où ?

– Met tes chaussures. Et puis un t-shirt éventuellement. Et brosse toi les dents. Je t'attends dans la voiture.

– Elle est où la voit...

Je n'eus pas le temps de finir que la porte claquait déjà derrière elle. J'ai pensé « C'est quoi ce délire ? » Qu'est-ce que c'était que ce réveil au marteau piqueur ? Elle aussi détestait les sorties de lit brutales . Elle ne m'aurait certainement pas réveillée de telle manière si l'événement n'était pas important. Cela ne lui ressemblait pas. Je me levai à la traîne, comptant mes heures de sommeil, une deux trois... trois. Dans la salle de bain, m'attendait un petit post-it soigneusement découpé en forme de cœur, sur lequel était inscrit « Dépêches-toi, la gosse. On prendra le café sur place. », accompagné de ma brosse à dent tartinée de dentifrice, et d'une coquette ligne de coke. Mais où allait-on, bordel ? Un short levis et un coup de peigne plus tard, je descendais les escaliers à toute vitesse, malgré le nuage de brouillard qui remplaçait ma tête. La voiture m'attendait juste devant. Je n'ai compris où nous allions que lorsque j'ai aperçu le panneau *Disney-Land*.

Ce parc était exactement comme je l'avais imaginé. Je voyais bien que ça emmerdait un peu Laurine d'être là, parmi les gosses, les montagnes russes et les Mickey Mouse. Elle était là pour moi et cela lui faisait tant plaisir de me faire plaisir. Adorable Laurine, grande sœur que je n'ai jamais eue qui se pointait de nul part afin de réaliser mes rêves de gosse. DisneyLand Paris n'est pas réellement un parc d'attraction. On n'y va pas pour faire des manèges, il y en a partout, des manèges. On y va pour le rêve, la nostalgie. On y va pour le plaisir d'admirer toutes ces couleurs, et tous ces gamins si heureux d'avoir gagné leur peluche Nemo.

Sauf que l'ennui s'est rapidement installé. Nos conversations ne tournaient plus qu'autour de notre programme du soir même. Laurine me prenait en photo devant le mille-pattes qui fume, tiré d'Alice au Pays des Merveilles, lorsque j'eus brusquement envie de fumer, moi aussi. Il donne envie de s'allumer une clope, ce con. Laurine m'a tendu une Lucky, et, une envie venant rarement seule, j'ai pensé au pochon de coke caché dans la doublure de son sac à main. Mon rêve de gosse version 2012. Il neigeait de la poudre au goût de lessive sur les carrousels *Disney-Land*. L'habitude café-coke s'installa ici, dans ce lieu on ne peut moins approprié.

*

Bien vite, bien trop vite, s'est installée une routine nocturne. Laurine et moi sortions en boîte un jour sur cinq, puis un jour sur quatre... puis un jour sur deux.

Le premier chapitre de ma vie de junky venait de débuter. J'étais encore dans la phase de découverte. Lors de mes premières sorties en boîte le nez blanchi, j'ai réalisé qu'en plus de parler vite, fort et beaucoup, je dansais aussi énormément. Ma timidité s'envolait en un trait de cocaïne comme un coup de baguette magique. La Coke offre un surplus de confiance en soi. Je me sentais belle et élégante au point de grimper sur les podiums pour danser vulgairement, et envoyer des clins d'œil à mes spectateurs éblouis. Toutes ces personnes que je ne connaissais pas avaient la chance d'admirer le torse à demi nu de cette petite blondinette à peine majeure. Selon moi, toutes les langues de la boîte pendaient devant mon charme. J'aimais courir plus vite que la musique, courir après les mots, courir après la vie. J'adorais ça. Mais au bout de quelques semaines, la cocaïne était devenue aussi banale qu'un café et ne me suffisait plus. Comme l'eau – que d'ailleurs je ne buvais que trop peu – la coke n'avait à présent ni goût ni fantaisie, mais me revigorait. J'avais besoin de nouvelles sensations. Il me fallait quelque chose de plus fort . Quelque chose de différent. Je savais que je pouvais *faire mieux*. Je voulais arrêter de passer pour une foutue gosse en refusant d'avaler des trips. Je n'avais plus peur. Les voyages sous MDMA avaient l'air incroyables ! Moi aussi, je voulais essayer. La coke, c'est sympa pour se réveiller et puis pour discuter pendant des heures, mais elle ne crée pas cette sensation de décoller du sol à la vertical tout en étant allongé. Les voyageurs me fascinaient. Je les trouvais tous si classes, ces héros de la nuit.

Plus la substance était forte, plus je trouvais son consommateur incroyable. Les fumeurs de joints n'étaient que des petits rigolos, des minables, des gamins. Moi j'avais commencé fort, avant même de me prendre une véritable cuite ou d'essayer le joint, je *tapais de la C.* Qu'est-ce que je me sentais forte et puissante et supérieure ! Je parti à la recherche de MDMA au rez-de-chaussée de la Machine du Moulin rouge, sans succès. Jusqu'à ce que je tombe sur cette nana si chouette. Une nana grande et maigre à la posture cambrée et aux yeux ternes. Une junky, une vraie de vraie.

– Excuse-moi, heu, bin, t'aurais pas... Tu connaîtrais pas quelqu'un... Enfin... Je cherche un cachet de MDMA.

La jeune fille me lança un regard sourcilleux et fouilla dans son soutien-gorge. Elle en sortit un minuscule pochon fabriqué avec une feuille slim, qu'elle me glissa discrètement dans la main, en échange de vingt balles. Puis elle partit en ricanant :

– Débutante.

Sur quoi je filai me chercher un Soho Abricot au bar. Je ne m'imaginais pas la MDMA ainsi. Je ne savais pas s'il valait mieux la dissoudre ou tout avaler d'un coup. Dans le doute, j'ai dissout. Ma boisson fétiche avait un goût plus salé que d'habitude. Une bonne demi-heure avait dû s'écouler, mais rien n'avait changé. Rien n'était différent. Et puis d'un coup, d'un seul, tout s'est éclairci. Le soleil venait d'entrer dans la pièce. J'ai pris une grande bouffée d'air d'un coup et puis c'est comme si j'avais aspiré la musique. Elle est entrée à l'intérieur de moi comme un courant d'air musical. Une impression de pouvoir toucher le son et de le caresser ; une impression de découvrir la musique. J'étais allongée sur un nuage de coton plus doux que la matière la plus douce du monde, tout en étant debout. Mon âme sortait de mon corps pour s'asseoir sur ma tête. Mes mains faisaient des arabesques plus ou moins réussies, des mouvements des poignets et des doigts, les bras levés : je dirigeai moi même ce merveilleux orchestre. La musique me faisait l'amour, elle me pénétrait par les tempes, la poitrine et le nez. Laurinc s'est approchée :

– Hélène ?

– Oh, Laurine ! T'es belle, la vache, comme t'es belle ! Je peux toucher tes cheveux ?

Le monde entier me paraissait inouï. Laurine était si belle, si douce, elle était survolée par une auréole de parfum sucré que j'aurais mangé si je l'avais pû. Pour résumer : j'étais complètement défoncée.

— Qu'est-ce que t'as foutu, t'es con ou quoi ? T'aurais au moins pu venir me voir avant de gober n'importe quoi !

Les soirées à La Machine du Moulin Rouge étaient des vivariums de papillons de nuit perdus, dont les yeux n'étaient plus que deux grosses planètes noires. Les cokés dansaient comme s'ils avaient avalé un sot de piles alcalines. Quant aux autres, ils étaient comme des flammes dansant avec le vent, légers, transcendés par la musique qui se joignait à eux pour ne plus faire qu'un.

Je reste convaincue que le sous-sol de La Machine était un gouffre psychédélique imaginé spécialement pour les clients poudrivores. C'était une sorte de cave aux escaliers ferraillés , comme ceux des entrepôts. Plus bas encore que là où nous marchions, il y avait un décor extraordinaire visible d'un balcon. Une forêt de psilocybes géants illuminée par des éclairages multicolores. Dans cette salle se dressaient deux bars : un pour les gens pressés, et un pour les patients. Je tentais toujours ma chance à celui des patients, puis au bout d'une minute je commençais à soupirer et me dirigeais finalement vers celui des assoiffés. Je ne coûtais pas cher en alcool puisque de toute façon mon verre ne servait pas à m'hydrater ni à me rendre saoule mais uniquement à dissoudre ma MDMA. Tous les habitués de la nuit le savent : lorsqu'un fêtard demande un verre d'eau au bar, c'est soit parce qu'il a quelque chose à dissoudre, soit parce que sa copine vient de vomir.

Ce sous-sol était d'avantage réservé aux fourmis qui gigotent — autrement dit, les cocaïnomanes — tandis que le rez-de-chaussée était un aquarium débordant de méduses, souples et vénéneuses. Je fréquentais surtout le rez-de-chaussée car c'était ici qu'il y avait les meilleures soirées, les meilleurs deejays, et les meilleurs gens. L'étage de l'amour et de la gentillesse, où l'on se prenait tous par la main pour faire un cercle tout autour de la terre. L'étage des Bisounours, « *voici venu le temps des rires et des chants* », etc, etc. La cocaïne m'ennuyait depuis que j'avais découvert la MD (ce qui ne m'empêchait pas de coker tout de même.) Chaque drogue ayant son étage, Laurine m'accompagnait au rez-de-chaussée pour me faire plaisir, et moi, je l'accompagnais au sous-sol.

Nous n'en finissions pas de prendre des

bains de poudre nocturnes. Nous fouinions sur le net à la recherche d'événements, de soirées sympas, de festivals. Si on ne trouvait rien d'intéressant, alors on allait danser dans nos boîtes fétiches, sans trop chercher à savoir quelle était la soirée. Un coup à la Machine, un coup Chez Moune, un coup à l'espace Pierre Cardin, un coup au Batofar. Parfois au Rex, parfois au Point Éphémère, parfois au Quartier Général. On revisitait souvent les mêmes boîtes, on en découvrait rarement de nouvelles.

A la Kidnapping, il y avait quelques garçons mais pas d'hétéros. Peut-importe. Je n'étais pas là pour flirter, mais pour me papillonner la tête. C'est un soir de Kidnapping que j'ai *tapé* mon premier trait de coke en « lieu publique ». Avant ce soir-là je ne m'étais droguée qu'en appartement, dans un chiotte sale ou bien discrètement sur la piste de danse – ce qui était déjà pas mal. Mais c'était si dingue, de sortir ce pochon en pleine rue comme une foutue cigarette. Ce n'était plus de la rigolade. Je commençais vraiment à ingurgiter n'importe quoi n'importe où.

Je me souviens bien de ce soir-là. La lune était si pleine qu'elle éclairait Ménilmontant comme un lampadaire démesuré. Nous n'étions pas encore au métro et voilà que Laurine recommençait avec ses questions à trois balles.

– Hélène, ça te dérange ?

– Non, non non pas du tout.

– Si ça te dérange, il faut me le dire.

– Non, je t'assure, ça me dérange pas.

–Marche sur le trottoir. Hélène, si ça te dérange il faut...

– En plus elle était con, cette fille, bordel ! Qu'est-ce qu'elle était con !

Laurine retint un sourire.

– Serais-tu *jalouse* ? Dit-elle en appuyant sur les mots.

– Bah ! Tu me dis de marcher sur le trottoir pi toi t'y restes même pas.

Elle s'arrêta net et se mit à fouiller dans son

sac à main. Il y avait toujours tout un bordel dans ce sac à main, tout un bordel qui n'avait aucun intérêt. Un porte clé trop encombrant, du maquillage dont elle ne se servait pas, des cartes de visites de taxi, de pizzaïolos. Autrement dit, un sac de gonzesse. Elle reprit :

– On trouve vraiment rien dans ce sac à main. Faut que j'arrête de me prendre pour cette fichue Marie Poppins. Franchement des fois je me demande pourquoi je me contente pas de mes poches. Hélène, il faut me le dire, si t'es jalouse ou quoi.

– Tu le savais très bien, que j'aurais préféré Pigalle. Le Quartier Général c'est trop petit, trop féminin et puis il y a ces enceintes à la con !

– Ah, ça y est, je l'ai trouvé. C'est toujours toi qui choisis les soirées. Surtout si t'es jalouse ou quoi, il faut me le dire. L'autre fois j'ai voulu le faire remarquer à la patronne que ces fichues enceintes étaient...

– Bin non, bin non j'suis pas jalouse. J'suis

hétéro, hé ! Mais n'empêche que t'aurais pu me prévenir que y'aurait que des nanas. Et puis ces enceintes !

– Tu vois, que ça te dérange. Monte sur le trottoir. Je sais, les enceintes, j'y peux rien si ils ont jamais été foutu de...

– Bin ! Bin non ! C'est pas ça, bordel. Il te reste des clopes ? C'est pas ça, c'est parce que danser toute seule, dans ce petit machin, avec tous ces gens qui te grimpaient dessus ! Et toi qui passais tout ton temps dehors ! Non ça va j'ai un briquet. Je me sentais, comment dire. Oppressée. Ouais, c'est ça : oppressée.

– Je savais bien que je l'avais rangé là ce fichu pochon. Tu veux un trait ? C'est vrai que ces enceintes ils pourraient quand même...

– Là comme ça, en pleine rue ?

– Donne ta main.

Elle prit ma main et en saupoudra généreusement le flan.

– Merci.

Une sensation de surpuissance m'envahissait. Voilà, ça y est, j'étais une vraie junkie. Notre regard cherchait les flics mais peu importait ce que pensaient les passants.

3

Les enfants de la nuit sont très souterrains. Il est bien plus excitant de jouer les fêtards six pieds sous terre : c'est une cachette, un cocon, un monde à part. La cité des âmes perdues, enfouie sous celle des gens normaux, qui à cette heure-ci, dorment depuis bien longtemps. Les boîtes les plus underground sont les plus branchées. Caves à vin réaménagées ou anciens bars à putes, tout ce qui sent l'humidité et la poussière est d'actualité. La poussière est la sueur du temps. C'est à peu près ce que nous venons chercher dans ce genre de lieux : suer et perdre notre temps parce que nous n'arrivons pas à le dépenser autrement.

Chez Moune il n'y avait pas d'effets de lumières, à moins que j'en garde un souvenir assez noir pour en assombrir le lieu. La porte du coin fumeur était ouverte en permanence, ce qui enfumait tout le bar, je ne voyais pas grande différence entre la salle de danse et la salle de décomposition pulmonaire. C'était si petit qu'on s'en marchait sur les pieds. Impossible de s'y perdre et pourtant, nous y arrivions tellement nos yeux étaient en flou gaussien.

Une nuit d'Octobre, chez Moune, je rencontrai Isaac. Laurine et moi étions installées sur une banquette avec quatre hipsters homos lookés comme Merlin l'enchanteur, qui se tripotaient la barbe en hochant la tête pour se donner l'air intelligent.

Je me sens obligée de vous donner la définition du mot hipster, bien que celui-ci me fasse mal à la gorge.

Hipster . NM : Sorte de croisement entre les années 1970 et 3050. Cet animal se vêtit essentiellement de chaussures inter-galactiques et de chemises de bûcherons dégotées dans des friperies qui sentent l'urine de Grand-Maman. Les hipsters méprisent tout être ne parlant pas l'anglais couramment et ne lisant pas Proust.

Je m'emmerdais comme un rat mort avec le Club des Cinq qui ne faisait que parler littérature, philosophie et politique. Ce n'était pas tout à fait l'endroit approprié pour débattre. Surtout que Chez Moune, la musique — qui était bien souvent d'une qualité approximative — tapait de mur en mur, ce qui créait une résonance désagréable et un son par-dessus lequel on ne pouvait pas communiquer. Les conversations ressemblaient alors à quelque chose de ce genre :

– Qu'est-ce que tu dis ?

– Je disais que Proust était un gros misogyne !

– Qui ça qui s'est mise au jean ?

– Ouais, c'est clair ! Je suis complètement d'accord avec toi.

– Trop hype.

Je suis allée chercher une boisson au bar pour dissoudre mon parachute de MDMA. Le mot parachute est particulièrement mal choisi, car l'atterrissage se fait rarement en douceur. Je me souviens du regard douteux de la barmaid lorsque je lui ai demandé une paille pour boire mon verre d'eau. En réalité, c'était pour remuer la poudre et j'imaginais qu'elle ne se douterait de rien ; mais les employés des boîtes de nuit ne sont pas nés de la dernière pluie, contrairement à ce que nous avons tendance à penser. J'ai avalé cul-sec et suis partie danser en attendant patiemment ma montée de MD.

Le Club des Cinq était toujours attablé autour d'une bouteille de vin poussiéreuse – je m'affolais toujours en voyant l'année de ma naissance sur une bouteille de Bordeaux. Mon trip montait lentement, mais sûrement. Et puis, sans que j'en sois étonnée puisque j'en avais déjà pris l'habitude, mon corps a soudain explosé, laissant échapper moult choses par tous mes orifices : des pétales de fleurs, des arcs-en-ciel, des colombes et quelques libellules – roses.

Mes yeux demeuraient plus noirs encore que la pièce ne l'était. Muse chantait « I'm feeling good », ce qui me paraissait être une berceuse. C'était la mélodie qui suivait mes mouvements et non l'inverse. Elle paraissait avoir été créée pour moi. Je dansais tel un flocon de neige : légère et poudreuse. Au bout de je ne sais combien de temps — car la drogue supprime la notion du temps — la musique a changé de registre. Qui est le foutu connard qui a inventé le métal hardcore ? Je suis redescendue de mon nuage sèchement, comme un coup de casserole sur la tête, sans m'y attendre. Le son était devenu violent, si violent qu'il me transperçait les tympans à l'aide de deux longues aiguilles à tricot. Ça me hurlait dans les oreilles comme un gamin qui crie dans les aigus, comme des ongles sur un tableau à craie. Je sentais mon cœur taper à l'intérieur de ma tête comme des basses au volume maximum. Les murs se resserraient, la pièce était de plus en plus petite et les gens de plus en plus nombreux. Je croyais suffoquer. J'avais envie de crier à l’aide mais je ne m’entendais pas même penser tellement c’était le foutoir dans mes oreilles. Le soleil avait laissé place à l’orage. Mon chrono écoulé, deux choix s’offraient à moi : soit je reprenais un parachute, soit je rentrais à l'appartement. Pour le moment, j’étais bien incapable de faire quoi que ce soit. Je me suis recroquevillée sur le sol dans un coin de la salle et c’est là, qu’Isaac est intervenu. C’est là qu’il est intervenu dans ma vie. Il est arrivé sans frapper, imprévisible ; comme un voleur, comme un vagabond, une averse, un tonneau en bagnole, une gastro-entérite, un témoin de Jéhovah, la Gestapo.

Il m'attrapa l'avant-bras :

– Lèves-toi, tout le monde te regarde.

Faux. Personne ne me regardait mais voilà ce qu’il avait trouvé pour me faire lever, et cela fonctionnait. Tous continuaient à danser, certains me jetant de rapides coups d’œils l’air de dire « Quand on ne sait pas boire, on ne boit pas ! » d'autres me piétinant presque.

Isaac m'a accompagnée dehors. Juste en face de Chez Moune, se dressait un immeuble le hall restait toujours ouvert. Nous nous y sommes installés. Je m'assis sur les marches tandis qu'Isaac s'adossait au mur pour se rouler une cigarette. Il y eut un bref silence avant qu'il n'ouvre le dialogue :

– C'est naze de prendre des trips ici. C'est trop petit.

– Je me sens pas bien.

– J'avais deviné. T'as un prénom ?

– Hélène.

– Moi c'est Isaac, tu veux que j'aille te chercher un verre d'eau, ou un truc dans le genre ?

– Ah, bon. C'est bizarre comme prénom.

– Je sais : mes parents sont bizarres. Tu veux un verre d'eau, ou un truc dans le genre ?

– Il est quelle heure ?

– Ça t'arrive de répondre aux questions

qu'on te pose ?

– Je veux rien que danser avec la vie, c'est beau la vie. Ah ! Je me sens vachement mieux !

Je levai la tête et regardai enfin à quoi ressemblait ce jeune homme. Ses cheveux étaient noirs pupilles, sa peau blanche neige, ses yeux verts ne pouvaient pas être plus verts et ses joues étaient creuses comme des tranchées sans soldats. Ce jeune homme beau et splendide et charmant et grand et maigre. Isaac est le seul type que j'ai connu capable de maigrir des os. Il tentait de dissimuler ses jambes arquées dans des pantalons larges, et ses côtes pointues dans des gilets épais qui devaient lui tenir foutrement chaud. A l'époque, mon corps avait la forme d'une bouteille d'Orangina. Isaac et moi étions le stylo et le pot à encre : mais sa minceur ne me dérangeait pas, car elle était contrebalancée par le poids de son cœur. Nous réfléchîmes chacun de notre coté, puis je repris :

– Comment que t'écris ça, toi, « Isaac » ?

– I-S-A-A-C.

– C'est drôle, moi j'aurais pas du tout écrit ça comme ça.

– ...

– Mais alors, pas du tout !

– Et pourtant.

Je répétai en inspirant :

– ...Et pourtant...

Un silence terriblement gênant s'installa, pendant un peu trop longtemps. Puis il renchérit.

– Merde, je crois qu'on m'a encore piqué mon briquet !

– Prends le mien. J'en ai une tonne, de briquets. Tu es du genre à te faire voler tes briquets. Moi je suis du genre les voler. Si ça se trouve, c'est le tien, d'ailleurs.

– Merci, ça me touche.

– ...

– Est-ce que tu viens vraiment de me

donner un briquet avec un cheval dessus ?

– Bin... C'était pas à moi, à la base...

– Donc tu m'offres quelque chose que t'as piqué.

– Si t'en veux pas de mon cheval, tu me le rends, je t'oblige pas.

– Non non, je l'aime bien. Il a une bonne tête de... cheval...

– Ouais, c'est ça. Une bonne tête de... cheval...

– ...

– ...

– Il fait froid, non ?

– Ouais ouais.

– ...

– Blouhhh c'est vrai qu'il fait froid.

– ...

– ...

– T'es pas très bavarde.

– Toi non plus.

– Tu fais quoi dans la vie ?

– Rien.

– Tu m'aides pas beaucoup.

– Et toi tu fais quoi ?

– Bin, rien non plus.

– ...

– T'habites où ?

– J'habite chez une copine.

– « Viens chez moi j'habite chez une copine. »

– Quoi ?

– Rien, un film.

– Ah.

– ...

– ...

– On est que deux couillons qui font rien dans la vie et qui savent pas quoi se dire.

– ...

– Isaac, je ...

Isaac s'approcha de moi, sourire aux lèvres, et s'assit à mes côtés dans l'escalier.

– Tu...

– Bin, je...

– ...

– Je suis en pleine montée.

– Ah. Alors rentrons.

– Merci. Parce que si je la loupe, celle-là, après j'ai plus de parachutes, tu comprends.

– Viens chez moi, j'en ai plein des parachutes.

– Ça fait deux fois.

– Deux fois que quoi ?

– Deux fois que tu me dis « viens chez moi ».

– Ah.

– Bon, on peut rentrer chez Moune, maintenant ?

Nous nous levions pour sortir lorsque je m'arrêtai devant la porte, plantée comme un piquet, fixant ce beau jeune homme à qui je n'avais rien à dire.

– Si tu restes au milieu de la porte, je vais pas pouvoir sortir.

Je ne bougeai pas d'un poil, mes yeux dégoulinant dans ceux d'Isaac. Je priai pour qu'il me saute au cou. Et puis je lui ai sorti l'une des seules expressions que je connaissais, certainement la plus bête et la plus culte.

– Il faudra me passer sur le corps.

Isaac semblait être content de mon absurde réponse. Il se penchait sur moi et m'embrassait tendrement, bien qu'un peu maladroitement, comme n'importe quel baiser entre deux personnes non sobres.

Nous rejoignâmes Chez Moune où Laurine devait être morte d'inquiétude de ne pas m'avoir croisée depuis pas loin d'une demi-heure. Nous allions passer la porte de la boîte quand l'un des videurs s'est adressé à lui :

– Ta copine là, elle rentre pas.

J'ai écarquillé les yeux comme s'ils ne l'étaient déjà pas assez :

– Quoi ? Qui ? Moi ? Ah bon ? Mais pourquoi ? Je dois prévenir ma...

Le grand maître du monde ricana.

– Parce que vous êtes défoncée, mademoiselle. On me la fait pas, à moi.

Je me suis tournée vers Isaac, l'air pantois. Il répondit pour moi :

– C'est compris, on va partir, mais elle doit juste prévenir sa... copine, et puis récupérer son manteau. Hein, t'as bien un manteau, ou un truc dans le genre ?

– Vas-y pour elle, vas prévenir sa copine. La petite, elle rentre pas j'ai dit.

Très drôle. Très, très drôle. Je connaissais Isaac depuis vingt ou peut-être trente minutes et il n'avait pas la moindre idée de qui était Laurine.

– Elle ressemble à quoi ta copine ?

– Bin...Elle est blonde... avec quatre types

barbus... il y en a un qui porte un t-shirt avec un chat bleu dessus... Hé ! Ses clés ! Prends ses clés !

Isaac est descendu à ma place récupérer mon manteau, et prévenir celle qui devait se ronger tous les ongles de ne pas me trouver.

Laurine et moi étions proches comme des embryons jumeaux. L'une des caractéristiques principales de la drogue étant de créer des liens, j'étais persuadée de vivre la plus belle histoire d'amitié jamais connue jusqu'ici. Je garde un souvenir très net d'un jour où nous étions rentrées toutes deux en taxi après une longue soirée. Aux alentours de midi, avachies à l'arrière de la voiture, nos bras s'emmêlaient les uns dans les autres. Nous ne cessions de nous dire que nous ne nous quitterions jamais, et tout le bla bla classique de ce genre de discours. En passant à proximité de la tour Eiffel, elle m'avait dit, mot pour mot. "Hélène, petite ampoule dans la ville des lumières !" Cette phrase n'avait pas grand sens, mais pour moi qui étais si seule sans elle, elle était d'une valeur inestimable.

Laurine n'avait pas bougé, attablée Chez Moune avec son vieux vin et ses deux paires de hipsters.

– Excuses-moi, heu... Lorie ? C'est Hélène, elle est.. Enfin... J'ai besoin de ta clé, elle rentre. Je pense que c'est mieux.

Laurine dévisagea Isaac, jeta un œil aux quatre enchanteurs, puis ricana à grande bouche.

– Tu espères que je vais donner la clé de chez moi à un étranger ? Dis-lui de venir la chercher.

– Elle peut pas, elle est virée.

– *« Elle peut pas elle est virée ! »* Répéta-t-elle d'un ton clairement ironique.

Puis elle ajouta :

– Allez file, petit malin.

C'était la première fois que Laurine me laissait croupir comme de l'eau oubliée dans un vase. Comme un clébard sur l'autoroute, offert par erreur à Noël. Comme un berceau devant une porte. Comme le masque de fer.

Isaac ressortait de chez Moune, sans clés mais avec mon manteau, et pour la troisième fois de la soirée il me disait: « Viens chez moi. » ce que je refusai. Il comprenait. Il comprenait très bien que je refuse. Alors il me proposait mieux : nous promener dans Paris en pleine nuit, comme deux touristes en quête de lumières nocturnes. Isaac me portait sur le toit d'un immeuble, près de l'espace Pompidou. Il m'amenait là-haut par les escaliers de service en me traînant par la main. Cela se voyait qu'il connaissait les lieux. Le sol était encore humide de la dernière pluie mais peu importait, ce vent frais me donnait une excuse pour me blottir sous son gilet. Nous n'avions toujours rien à nous dire mais nos silences nous suffisaient. Jusqu'à ce qu'Isaac se mette à chanter. Je ne savais pas si je devais me laisser charmer par son petit jeu ou éclater de rire tellement il chantait faux. J'ai préféré me laisser charmer. J'ai fondu, parce qu'aucun garçon ne m'avait encore fait telle déclaration. Ou du moins, un garçon qui me plaise vraiment.

« Après la nuit, avant le jour

Je t'offrirai les hautes lumières

Je t'emmène lancer les médailles

Dans l'eau bleue des fontaines

Et cueillir à nouveau ces visions

Pour se dire, pour se rappeler

Je suis veilleur, tu es musée

Je t'emmène voir le granite rose

De ces îles qu'on ne peut pas déplacer

Je t'emmène voir Tolède,

Cabourg, Sienne et Navone

Toucher la faïence des rues de Lisbonne Et le marbre blanc, lisse et brillant des palais...»

4

C'était un soir de Wet For Me à la Machine du Moulin Rouge et je ne me sentais pas à ma place. Non pas que je ne sois pas à l'aise dans cette bassine de lesbiennes, dans laquelle j'étais très certainement la seule hétéro – comme un maïs dans un bol de riz – mais simplement que ces huit cents femmes n'étaient pas celles avec qui j'avais envie de partager ma nuit. J'étais venue là pour faire plaisir à Laurine et c'est vrai que l'ambiance était démentielle, mais j'avais le cœur ailleurs. Pour éviter de reproduire ce qui était arrivé Chez Moune deux semaines auparavant, je partis la prévenir dans le fumoir que j'allais la quitter. Elle était en train de nettoyer le palais d'une comédienne déchue – qui n'était pourtant pas son genre :

– Je vais chez Isaac.

– C'est ça, vas voir ton homme, c'est pas ici

que tu vas le trouver.

Puis elle ajouta :

— Hélène, fais attention avec ce type. J'ai pas confiance.

Comment osait-elle ?

Je commençais à devenir indépendante de Laurine. Non pas comme si notre amitié s'effritait, mais plutôt comme si elle n'avait jamais existé. Nous étions en train de devenir deux colocataires, rien que deux colocataires.

Les soirées sans Isaac ne m'intéressaient plus. Il n'y avait dans ma tête plus de place pour penser à autre chose qu'à lui. J'aurais pu être partout que le cœur n'y était jamais. La veille, s'était introduit dans ma tête quelque chose que j'étais bien décidée à reproduire ce soir-là : coucher avec Isaac sous MD. Je savais qu'il serait d'accord et l'idée ne me quittait plus. Ce devait être la sensation la plus merveilleuse que l'être humain puisse ressentir. Je filai de ce pas dans le 94, il était trois heures du matin.

Je portais un body noir moulant et très décolleté sous mon manteau. Mon short trop court tenait grâce à une ceinture sans laquelle je l'aurais sûrement perdu. La coke coupe l'appétit. La coke fait oublier la faim. La coke constipe. Et puis une fois après avoir repris un rythme d'alimentation normale, deux à trois jours après la prise, c'est la diarrhée qui prend place. En un mois et demi, j'étais passée de cinquante-quatre à quarante-neuf kilos. Inconsciente que ma perte de poids n'allait pas s'arrêter là, j'étais contente de maigrir.

A Pigalle, la cocaïne se vend principalement autour du métro Blanche. Est-ce volontaire ?

Cette nuit-là, je me rendais chez Isaac en Noctambus, et m'en souviens plutôt bien car lors du deuxième changement, trois jeunes écervelés m'avaient proposé d'aller « faire le ménage » tous ensemble chez un confrère à eux ; il y aurait « de la bonne Weed » et « c'était promis, ils ne m'enculeraient pas. » Honnêtement, y a-t-il vraiment rien qu'une seule femme dans le monde — même à dix-huit ans, et même naïve comme un pied — qui ait déjà répondu favorablement à ce genre de proposition ?

Isaac avait rendu le monde à la porté de mes mains ; me décrochait la lune pour la suspendre au-dessus de son lit. Tout devenait soudain possible, je croyais tant à la vie que j'aurais presque pu marcher sur l'eau. Nous nous étions rapprochés en un temps infime. C'était une évidence, nous allions durer des siècles. Le mois qui suivit notre rencontre, Isaac et moi avions pris rendez-vous chez un tatoueur pour valider notre amour d'un coup de tampon. Tous deux avions désormais la même phrase tatouée sur le dos de la main gauche, qu'il avait lui-même choisie :

« *Le parfum de l'amour est une odeur qui ne se décolle pas des mains en un claquement de doigts.*»

Ce qui me plaisait le plus chez Isaac, c'était sa façon de me vendre un monde bien moins ennuyeux que celui dans lequel nous vivons. Il avait toujours quelque chose de fascinant à raconter — bien qu'un peu glauque — même sobre, même fatigué, déplumé, dans n'importe quelle circonstance. Ses théories étaient différentes, il croyait en ce dont personne ne croyait et inversement. Avant de rencontrer Isaac et Laurine, je connaissais les noms des deux derniers présidents de la république et les seuls artistes dont j'avais déjà entendu parler étaient Picasso et Leonard de Vinci — que je confondais d'ailleurs fréquemment avec Leonardo Dicaprio. Je ne connaissais rien à rien, ne m'intéressais à rien et surtout, ne me posais jamais aucune question. Tout ce qui me paraissait bénin était pour Isaac un sujet passionnant. Il me racontait qu'un jour, le soleil allait s'éteindre et que nous allions tous vivre dans le noir, que la peine de mort devrait être punie de mort, que Mickael Jackson était vivant, Oussama Ben Laden aussi — qui n'avait d'ailleurs pas le moindre rapport avec l'effondrement des tours jumelles détruites à l'aide de bombes à retardement — aujourd'hui il n'aurait pas cru à la malheureuse histoire de Charly Hebdo. Selon lui, les virus seraient distribués par des avions pour nous faire acheter des médicaments, on ferait fondre les icebergs au rayon laser, on ne s'intéresserait qu'aux artistes morts, dont Coluche qui apparemment aurait été assassiné, les remèdes du sida et du cancer auraient été découverts depuis des lustres par des chercheurs dont les crânes furent discrètement troués par la suite, nos goûts musicaux et vestimentaires seraient uniquement dus à la publicité et à la télévision, de l'ammoniac serait silencieusement glissé dans le Coca-Cola, on testerait mes produits de beauté sur des animaux auxquels on brûlerait la peau à vif, et pour finir, les soldats de la deuxième guerre mondiale auraient tous été de gros cocaïnomanes.

Bien sûr, il y avait aussi de jolies choses qui me plaisaient chez Isaac, comme sa façon d'écrire des mots doux dans mon dos que je ne lirai jamais, sa façon de me chanter naïvement

« Ce rêve bleu, je n'y crois pas, c'est merveilleux », sa façon de me regarder dans le fin fond des yeux comme s'il s'était perdu dedans, de respirer mon cou à plein nez puisque j'étais son oxygène, et patati et patata. Mais cettc idéc dc nc pas croire en tout ce que disent les autres, c'est con mais je n'y avais jamais pensé.

Je suis arrivée chez Isaac à environ quatre heures trente. Il était là à m'attendre, anxieux, culpabilisant de m'avoir laissée faire ce trajet, seule au beau milieu de la nuit. Je n'ai pas attendu dix minutes pour imposer mon idée, et à peine avais-je enlevé mon manteau que nous étions déjà nus sur le lit. Je savais que cette expérience s'avérerait merveilleuse. Je le savais. A l'entendre, il faisait lui aussi ce genre de chose pour la première fois.

J'imaginais que coucher sous ecstasy serait encore meilleur que de manger du Nutella à la louche. J'imaginais que nos corps allaient se traverser l'un l'autre, comme deux blocs d'eau qui se rejoignent. Au lieu de quoi, l'acte à peine commencé, la réalité s'est abattue sur moi. J'aurais dû m'y attendre mais non, à chaque fois j'étais aussi surprise que la fois précédente. J'ai regardé Isaac – à l'horizontale sur mon corps – dont les gestes me paraissaient terriblement brutaux. Sa peau était rappeuse et moite. Il s'enfonçait en moi comme une bête, s'acharnant, suant de tout son corps sale et étranger. J'ai soudainement imaginé un film abominable qui finit de m'effrayer : les yeux noirs d'Isaac me dégoulinaient sur le visage, et lui avec. Je le voyais fondre sur moi, cet étranger qui me violait comme une brute. Je hurlais, me débattais dans le vide, tandis qu'il s'arrêtait et me suppliait de me calmer. Il s'assit à coté de moi et me passa la main dans les cheveux en cherchant à savoir ce qui se passait, ce à quoi je gueulais sans relâche « Laisse-moi tranquille, dégage gros dégueulasse ! » pendant un long quart d'heure. Une fois calmée, je regardai alors Isaac dont l'apparence était redevenue normale.

*

Les camés mangent terriblement mal. Quitte à être en mauvaise santé, autant faire les choses jusqu'au bout ! Combien de kilos avais-je déjà perdu ? Je n'en sais rien mais j'en étais bien fière. Mes parents ne me reconnurent pas lorsque je suis allée les voir en week-end. C'était si agréable de mincir sans efforts et sans régimes suçage-de-cailloux. Une vie à base de coke, de MDMA, de Soho Abricot, de Pizza et de Kebab. Voilà de quoi je me nourrissais. Pas de raisons valables pour se priver de malbouffe lorsque celle-ci ne vous fait pas grossir. Des légumes ? Des fruits ? De l'eau ? Pour quoi faire ? J'en avais oublié l'existence depuis bien des semaines. C'est d'ailleurs à cause de cela que mes douleurs ont commencées. Des douleurs dans les genoux, les coudes, la nuque. C'est à peine si je pouvais plier les bras et les jambes. Comme une petite grand-mère que j'étais, petite grand-mère de dix-huit ans, déjà malade et foutue de l'intérieur.

Les descentes chez Isaac étaient bien plus agréables que chez Laurine. D'ailleurs la vie en général était bien plus agréable chez Isaac, bien que son appartement improvisé soit moins accueillant que la merveilleuse décoration à Télégraphe. Si Laurine était définitivement une cokée, moi, je passais ma vie au pays des Bisounours : plus le temps passait et moins nous étions compatibles. Deux tiers de ses journées étaient dédiés à son ordinateur sur lequel elle pianotait bien trop brutalement ; et moi un tiers à lui rappeler que si elle continuait à taper aussi fort sur son clavier, les touches allaient finir par lui sauter à la gueule. Lorsque je choisissais moi même la soirée, elle tournait en rond durant la nuit entière, faisait les cent pas, s'ennuyait de la musique trop lente et du coup, sociabilisait avec tout ce qui lui tombait sous la main. Quant à moi, j'étais transportée par l'ambiance et me suffisais à moi-même. L'une choisissait la soirée et l'autre tentait de s'adapter : mais au final, l'une des deux s'emmerdait toujours.

Les allusions concernant ma non-activité professionnelle commençaient à pointer le bout de leur nez. Les reproches insensés, l'ignorance diurne, l'amitié bijounalière. Nos profonds discours se transformaient en bribes de conversations futiles, « Salut ça va, tu veux un café, tu fais quoi aujourd'hui, laisse pas traîner tes fringues… » Tout changeait à une vitesse hallucinante et c'était tout juste si je m'en rendais compte. Cette impression d'être là depuis des lustres déjà, hors ce que vous venez de lire ne s'est pas déroulé en plus de douze semaines. Le treize Décembre 2012 — cette date m'a marquée parce que nous étions un vendredi 13, ça aurait dû m'alerter — Isaac m'annonçait qu'il m'avait trouvé du travail.

– Il y a un type, très sérieux, Eric, vraiment très sérieux. Il cherche une modèle pour faire des photos, dans un grand studio à Neuilly, très sérieux, vraiment, bien payé, très sérieux, vraiment très sérieux. Un pote en boîte qui me l'a dit.

Pourquoi est-ce que j'intéressais ce type ? « Parce que tu es tout ce qu'il recherche » me répondait Isaac. Mais la réponse était en réalité « Parce que tu es jeune et naïve, mais heureusement pour lui, tu es majeure. » En ce moment même, en repensant à cette scène, je me regarde de haut comme si j'étais mon propre Dieu, grognant entre mes dents « Pauvre cruche, refuse cette offre, ça sent le roussi à plein nez ! »

*

L'appartement d'Eric était une sorte de building plat. Un appartement gigantesque comme je n'en avais vu que dans des longs-métrages. Il y avait des pièces à la pelletée qui n'avaient aucun intérêt, des couloirs en cul-de-sac, des salons sans canapé où étaient exposés des cadres photos et trophées de cyclisme, la hauteur sous plafond était d'au moins six ou huit mètres, je ne sais pas si les robinets étaient en or mais en tout cas ils en avaient la couleur, une table en bois ovale entourée d'une vingtaine de cabriolets Louis XV recouverts de tapisseries anciennes occupait toute une pièce, et pour finir, dans le plus grand des salons, était installé un perroquet en cage qui ne cessait de répéter en boucle « Je retourne chez ma mère, je retourne chez ma mère ! » J'avais demandé à ce type si la présence d'Isaac pouvait éventuellement lui être inconfortable, ce à quoi il m'avait répondu que oui, évidemment, et que cela n'avait rien de professionnel de débarquer avec son petit ami dans un studio photo. Mais quel studio, au juste ?

5

Tous les enfants ont un modèle, qu'ils aient cinq ou vingt-cinq ans. Gamin, on copie Maman et Papa, éventuellement la grande sœur ou le grand frère. Et si l'on a ni grande sœur, ni grand frère ? Alors on copie Loana qui expose son quatre-vingt-quinze D dans une piscine sur M6. Nous avons tous besoin de nous inspirer de quelqu'un et la société le sait : mais pourquoi cette société veut-elle absolument nous faire copier n'importe quoi ?

Au XXIe siècle, il est plus moderne d'avoir la peau sur les os — même dans un pays riche.

Au XXIe siècle, la pire honte à treize ans est de ne pas encore cloper.

Au XXIe siècle, la pire honte à quatorze ans est de ne pas encore picoler.

Au XXIe siècle, la pire honte à quinze ans est de ne pas encore coucher.

Au XXIe siècle, les clips musicaux sur-diffusés sont ceux qui ressemblent le plus à un bordel.

Au XXIe siècle, l'obtention d'un bonnet F est devenue une normalité, pour ne pas dire une obligation.

Au XXI siècle, le mot le plus tendance est « Héroïne ».

Qui sont les modèles des enfants de la nuit ? Où copient-ils ces modes de vie et pourquoi ? Pourquoi faire chanter « Legalize Marie-Jeanne » aux jeunes, pourquoi chercher à tout prix à les rendre cons plus qu'ils ne le sont déjà, pourquoi ne pas leur donner le bon exemple, pourquoi n'y a-t-il pas plus de sessions de prévention en tout genre, pourquoi est-ce que j'ai trouvé ça cool de dire que je tapais occasionnellement de la coke et que je me défonçais tous les deux soirs à la MDMA ? Qui a fait en sorte que je trouve ça cool et pourquoi ? POURQUOI EST-CE QUE J'ETAIS SI FIERE DE MON SANG DEGUEULASSE ?

Un trente et un Décembre 2012 à deux heures du matin, l'appartement d'Isaac n'était plus digne de ce nom. Nous avions poussé le canapé et rabattu sur le mur le matelas sans sommier qui lui servait de lit. Laurine n'avait rien de mieux à faire pour le réveillon et préférait se joindre à nous, plutôt que de passer sa soirée seule devant son écran LCD. Puisque à part moi et puis ses plans d'un soir, Laurine n'avait pas de réels amis. Pas un seul. Elle faisait la bise à toute la salle samedi pour compenser son dimanche sans compagnie, durant lequel elle était réduite à discuter lamentablement avec son chat — sauf quand j'étais là.

Le Jeu du Placebo consistait à distribuer à chacun des participants deux gélules de Dafalgan qui avaient été vidées pour l'occasion. Sur quarante distribuées, vingt étaient vides, les vingt autres fourrées à la MD. Comme Isaac organisait la fête, il avait droit à trois gélules. Une chance de plus de passer une soirée qui sentait bon la fleur. Nous avons tous avalé nos parachutes plastifiés sans savoir s'ils contenaient quelque chose ou non.

Une quinzaine de minutes plus tard, Isaac était déjà tout chose. Il souriait bêtement et fredonnait des airs qui n'avaient rien à voir avec la musique qui passait : coup de chance, ses trois gélules étaient pleines. Quant à moi, je montais lentement, mais sûrement. J'avais sans doutes gagné 0.10 grammes, soit l'équivalent d'un parachute. Laurine ne jouait pas. Sur quinze personnes ce soir-là, il n'y eu que trois Placebo — autrement dit, trois perdants : mais puisqu'ils avaient apporté leur propre matériel, alors tout le monde était gagnant. Autrement dit, ce jeu n'avait aucun intérêt. Nous étions quinze flocons de neiges à nous balancer sur *The XX ;* lents, mous, fluides, transparents, illuminés et somptueux : quinze méduses. Quinze particules de douceur. Certains s'embrassaient et se complimentaient pendant que d'autres dansaient dans leur coin.

J'approchai de près le septième ciel quand

soudain, Isaac qui était si mou devint solide, et puis s'effondra. Il rougissait et respirait à toute vitesse. Ce n'était pas un coup de chance, c'était un coup de chaud. Mon doux flocon venait de fondre. Pendant que les autres continuaient à danser, à s'aimer et à improviser un baisodrome dans le salon, Frank, Laurine et moi avons traîné Isaac dans un coin de la pièce et allongé sur le côté : instantanément, il vomit. Son nez s'ensanglanta et son regard criait « au secours ». Il ne pouvait pas parler mais je lisais dans ses yeux, dont le vert qui était normalement si frappant avait totalement disparu. Il était brûlant et la première idée qui nous vint à l'esprit fut de lui passer un gant frais sur le front. Frank avait déjà vu des scènes de ce genre, mais pas sur son meilleur ami : Isaac était en hyperthermie. Du haut du septième ciel, je crus mourir d'angoisse. PERSONNE outre ceux qui ont déjà touché à ce genre de choses ne peut saisir cette panique. Je descendis au rez-de-chaussée pour téléphoner au 15. Laurine m'accompagnait et m'attendait, clope à la main, me répétant en marmonnant, comme si le moment était bien choisi, que « elle n'avait pas confiance, elle n'avait pas confiance. »

— Désolé, les alcooliques et les toxicos, c'est pas notre priorité. On en a déjà trop ramassé ce soir.

Alors que fallait-il faire ? Attendre que mon petit-ami suffoque ? Mes pensées noircissaient, noir charbon, noir pétrole ; chaque instant était pire que le précédent. Je tentais d'aspirer de l'air pur comme si cela allait me nettoyer. Saint-Ju me paraissait soudain si loin ! En franchissant à nouveau la porte de l'appartement, je dus plisser les yeux pour être bien sûre de ce que j'étais en train de voir : Isaac était sur pieds, plus en forme que jamais. Avais-je donc rêvé ?! Laurine baissait la tête en soupirant puis, avant de rentrer chez Isaac, ajoutait à nouveau « J'ai pas confiance putain. » suivi d'un « Tu sais, moi j't'aime pour de vrai. »

Cette soirée n'eut pas de synonymes. Elle n'était ni bien, ni pas bien, ni normale, ni pas normale. C'était une soirée. C'était *la* soirée. Peut-être la soirée de trop. Quand ma descente s'est pointée, je n'ai cessé de réfléchir à ce qu'il venait de se passer, tentant de peser le pour et le contre. Devais-je en tirer le négatif, ou le positif ? Lorsque je pensais au mauvais, le bon reprenait le dessus. « Isaac a fait un foutu malaise ! Il aurait pu crever ! Oui, mais il n'a pas crevé, ce qui veut dire que 0.30 grammes de MDMA en une seule prise, ça ne tue pas. Et si j'avais été à sa place ? Mais je n'étais pas à sa place. » etc etc.

Ce question-réponse a duré bien des heures mais il me porta à bonne conclusion : dans le doute, j'allais arrêter. A partir de ce jour, je ne prendrai plus rien, et s'il le voulait bien, Isaac non plus. Pas de drogues, pas de risques .

« Ah bon ? On m'aurait donc menti ? La drogue serait dangereuse pour la santé ? Quelle surprise ! »

Mon tendre Isaac et moi allions profiter de nos soirées sans MD, juste un petit joint et puis un Soho Abricot, éventuellement un brin de coke pour passer le temps. Trop facile, et puis on me l'avait dit clairement : ces drogues là ne sont pas addictives.

6

Isaac fit rouler ses yeux avant de me répondre en soupirant :

— C'est grotesque.

Je ne m'attendais pas à beaucoup plus d'enthousiasme de sa part, mais tout de même, un semblant d'encouragement juste par politesse, n'aurait pas été de trop. Mon idée l'affligeait.

— Pourquoi tu veux arrêter de te défoncer ?

— Pour être en bonne santé.

— Pour quoi faire ?

C'est une chose qui peut paraître si simple pour une personne qui ne se drogue pas. Pourtant, pour les drogués, il n'y a rien de logique à arrêter la dope. La défonce est un bonheur éphémère renouvelable. Nous décidons quand, où et avec qui nous allons pouvoir rêver à des images insensées et nous rouler dans la mousse. Un drogué semble comprendre ce qui lui avait toujours manqué lorsqu'il découvre *sa* drogue et regrette instantanément de ne pas l'avoir connue plus tôt. Celle-ci masque les problèmes, lesquels soient-ils : quotidien soit merdique, soit trop plat ou au contraire, trop rythmé. Si ce n'est pas ça, alors c'est un manque de confiance en eux-même. C'est du moins ce que j'en ai conclu. On se cherche et soudain grâce à la cocaïne on réalise que l'on est intelligent. Heureux de s'en être rendu compte, on continue la coke. Ça y est, j'ai trouvé mon cerveau. Cette drogue me correspond parfaitement : elle libère toutes mes capacités. Et puis s'installent les petits-déjeuners café-coke. Les petites traces sans intérêt en pleine journée qui semblent nous donner du courage.

La réalité, c'est que les discours des cocaïnomanes n'ont aucun intérêt. C'est à ça, que sert la cocaïne : faire parler pour ne rien dire de plus que si l'on n'avait pas parlé. Toutes les questions existent, ce qui ne veut pas dire qu'elles ont toutes une réponse. Plus simplement, elle nous rend tellement bête que chaque réflexion nous semble intelligente. Ceux qui font partie du cercle poudreux se comprennent. Ceux qui sont en dehors du cercle, trouvent que ceux qui sont à l'intérieur du cercle sont vraiment atteints – voire même, complètement cons. Mais tout cela, il m'a fallu des mois, pour m'en rendre compte.

C'est vrai ça, puisqu'elle me rendait heureuse, pourquoi est-ce que j'aurais arrêté la poudre ? La MDMA était ma drogue, je le savais, elle avait été crée pour moi. Persuadée d'avoir découvert la solution à tout problème, je voulais faire essayer celle-ci à tous ceux qui s'ennuyaient. Je songeais à en rapporter à Francine, ma copine de Saint-Ju. « Ça y est, j'ai trouvé le remède à la vie. Tout est merveilleux grâce à Marie-Dominique. » Je comprenais pourquoi Laurine avait tant insisté pour me faire essayer la coke. Elle voulait que je sache. Elle voulait que tout le monde sache parce que tout le monde avait besoin de savoir. Les consommateurs veulent partager ce savoir : la drogue est une révolution, elle est la solution à tout ce qui existe. Je ne suis pas tombée amoureuse de la cocaïne, et je savais que je pourrais très bien m'en passer. Tout comme je savais que je pourrais me passer de la MD et de tous ses cousins : normal, puisque ce n'était pas addictif. Je ne voulais pas arrêter totalement. Je souhaitais juste me calmer un peu, parce que le coup de chaud de mon mec m'avait sacrément foutu la trouille. Contrairement au tabac et au joint qui eux, sont addictifs, je déciderai d'arrêter quand bon me semblerait et de reprendre, également, quand bon me semblerait. La drogue était une merveille d'invention et il était fabuleux qu'elle ne soit pas addictive. Ça, j'en étais persuadée.

Notre première tentative de sobriété se fit à la Machine du Moulin Rouge. Trop facile : ce soir, le groupe La Femme était là et sur d'aussi chouettes mélodies, nous n'aurions pas besoin d'artifices pour nous transcender musicalement. C'était la première fois que nous arrivions à la Machine complètement sobres, je découvrai presque les lieux. La plupart des fêtards étaient déguisés, je revois encore les masques de chats et les homos en plumes accoudés au bar. La lumière bleue-rêve éclairait les visages aux yeux clos, les âmes déjà parties, évadées dans un monde où tout n'est que musique. Qui aurait eu envie de les faire redescendre de cette sphère en nuages de watt ? Je tentai de me voiler la face, me persuadant de ne pas les envier, j'allai passer une excellente soirée à base de sang propre. Je profiterais mieux du son qu'eux puisque je l'entendrais réellement. Isaac m'apporta un Soho Abricot, accompagné d'un clin d'œil qui semblait vouloir dire « Bon courage. » Le pari tenait plutôt bien, quand au bout d'une heure à peine, Frank sorti une litière épaisse de sa poche et l'écrasa sur la table, on ne peut moins discrètement. La barmaid nous lançait des regards douteux, je n'étais pas vide au point d'ignorer que c'était interdit. Isaac grogna entre ses dents :

– Frank ! T'es un gros con pour de vrai, ou tu prends des cours du soir ?

– Je tiens à vous faire profiter visuellement de ce dont vous n'allez pas profiter corporellement.

Je dis :

– C'est dégueulasse !

Isaac dit :

– Ouais, c'est dégueulasse !

On était bien d'accord, c'était dégueulasse. Pourquoi Frank voulait-il faire envier alors que nous avions décidé de ne rien prendre ? Une vingtaine de minutes plus tard, Frank et son petit ami Doudou, avaient déjà décollé. Ils avaient l'air si bien, bien sûr que je les enviais. Je ne connaissais pas ce Cristal qu'ils venaient de s'enfiler, mais cela semblait être sacrément bien. Isaac et moi essayions de danser comme nous le pouvions. Nous nous sentions bêtes, pas à nos places, tapions du pied presque poliment, même pas en rythme. La Femme était pourtant notre groupe préféré mais n'avait plus aucun charme. Nous fredonnions les paroles tout en nous retenant de ne pas bailler. En clair : qu'est-ce qu'on s'emmerdait ! Isaac me tira par la manche, se pencha à mon oreille, et c'en était fini pour nous :

– Hélène, je me demande...

– Je sais ce que tu vas me dire.

– Parce que bon...

– Ouais, je sais.

Et j'ai continué à faire semblant de m'amuser. Il tirait à nouveau sur ma manche :

– Tu crois pas que... enfin je veux dire... Tu crois que c'est un bon choix d'arrêter ce soir ?

– Isaac !

– Tu crois pas que... enfin je veux dire... Tu crois pas qu'on pourrait s'offrir un dernier trip ? C'est exceptionnel, c'est parce que c'est

La Femme...

Je tournai ma tête vers lui et le fixai dans les yeux, un regard si neutre qu'il n'arrivait pas à deviner ma réponse. Et puis je cachai un sourire en coin, et là, là il comprit.

– T'as parfaitement raison, ce soir un parachute, et demain on arrête. De toute façon, aujourd'hui ou demain, qu'est-ce que ça change !

– Bin ouais !

Isaac et moi nous sommes demandé si nous devions traiter Frank d'enfoiré, de péripatéticienne, de lessive sale, ou s'il valait mieux nous contenter de le remercier. Sur La Femme qui chantait « Je recherche des sensations », nous avons écrasé ce qui restait de petits cristaux et hop, joyeux retour au pays des Bisounours.

*

La descente de drogues dures telles que celles que j'ai côtoyées est un suicide temporaire. Quelques heures avant, nous avions dégueulé la totalité de notre sérotonine, et le lendemain alors, en avions moins que moins. Les belles colombes que nous étions quelques heures plus tôt avaient perdu leur si joli plumage, laissant place à un poulet râpeux vidé de tout organe. La veille, j'étais la plus sexy du monde, et le jour suivant me trouvais laide comme le chien de la voisine. Notre vie était merdique, nous nous sentions seuls même accompagnés et puis tournions en rond jusqu'en avoir le vertige. Rien ne nous satisfaisait : nous ne voulions être ni dehors ni dedans, ni manger ni avoir faim, ni dormir ni rester debout. Deux possibilités s'offraient alors à nous : la première était la méthode du petit-remontant, qui consistait à prendre un ou deux traits de cocaïne pour ne pas laisser la descente nous envahir de suite. La seconde possibilité était d'accepter la situation et de s'avouer que tout de même, à un moment donné, il faudrait bien aller dormir. Le problème étant que, malgré notre dernier somme datant d'il y a trente-six ou quarante-huit heures, nous n'étions pas fatigués. Nous attendions devant la télévision que notre cœur se calme, que notre mâchoire arrête de slalomer, que nos pupilles dégonflent et que nos mains cessent de danser en toute autonomie. Cela prenait parfois deux heures, parfois quatre, parfois huit, parfois une journée entière. Nos pupilles et nos cernes étaient plus noires que jamais, notre peau pâle et couverte de boutons, nos lèvres trouées et ensanglantées à force de les mâcher, nos narines pleines de croûtes. La plupart du temps nous revenions avec la grippe, faute de défenses immunitaires et d'abus du coin fumeur, souvent à toit découvert. Les paradis artificiels ne sont que courants d'airs : ils nous caressent la peau, rien qu'un peu, et puis le lendemain nous rendent malades à en crever, nous faisant recracher nos yeux, nos poumons abîmés et le regret de ne pas nous être plus couverts.

Cette histoire de descente complique d'avantage l'arrêt de ces drogues. À défaut de vivre le manque physique qu'apporte l'Héroïne

— l'agacement, les sueurs, le corps qui gratte et qui fait mal comme une liposuccion sans anesthésie – mes deux drogues phares procurent un manque psychologique qui nous fond dans l'ennui et surtout, dans la dépression. La méthode du petit-remontant devient alors presque un automatisme, puisque sans elle, la motivation s'effrite.

Nous avons tenté des alternatives, pour arrêter la MD : alcool, joint et coke. Impossible de vivre sans rien, alors il fallait choisir. Nous avons d'avantage misé sur la coke. Celle-ci nous était plus familière, mais quel intérêt ? Elle n'a rien de moins dangereux que la MDMA. Pourquoi alors nous priver de MD pour nous shooter à la coke ? Peut-être pour nous habituer à vivre sans elle. Ni l'alcool, ni le joint et ni la coke n'égalent **M**arie-**D**ominique mais ils bouchent les trous comme ils le peuvent, permettent de moins s'ennuyer, de ne pas rester seul dans son coin tandis que les autres dansent et sociabilisent. C'est ainsi que se mit en place notre deuxième tentative de soirée sans parachutes. Je dépensais mes derniers billets par texto :

« Slt ! J'aimerais bi1 voir Coraline ce soir. » (Salut, j'ai besoin de cocaïne pour ce soir.)

À vingt-trois heures, j'entrai dans une Mercedes noire sans dire bonsoir. Nous échangions le fric et la came d'un coup de main, et avant d'en sortir, j'ajoutai plus ou moins en plaisantant « Si tu m'as vendu de l'Aspirine, je te dénonce. » sur quoi je repartai le sourire aux lèvres et rejoignai les autres en secouant mon sac à mains en l'air comme une gamine à qui l'on viendrait d'offrir une pochette surprise.

Fauve chantait « L'infirmière » quand nous sommes entrés au Batofar ; Isaac, Frank, son copain Doudou, et moi. Pendant que je commandai à boire, les garçons faisaient déjà la queue aux toilettes pour aller taper leur trace. Isaac me dévisageait l'air de dire « J'espère qu'on ne va pas passer la soirée à se tourner les pouces. » Un petit quart d'heures après, il ressorti des toilettes, le regard approximatif, fit mine de se laver les mains, puis me rejoignit au bar. Frank et Doudou dansaient déjà comme deux piles, sautillaient comme des nichons-sauteurs, comme deux homos que j'adorais. Toutes les dopes leur convenaient et j'en était foutrement jalouse. Je me suis précipitée aux toilettes, à mon tour, pour m'enfiler ce qu'Isaac venait de glisser dans ma poche. J'aurais besoin d'un patté de coke pour pouvoir remplacer la MD : et j'avais payé, je n'allais pas me priver. J'ai tapoté le pochon sur le flan de ma main gauche, la coke recouvrait un morceau de mon tatouage. J'ai rejoint Isaac au bar et lui ai fourré le pochon dans le creux de la main. Il l'a tâté avant d'écarquiller les yeux.

— Tout ça ?! T'en as donné à quelqu'un, ou un truc dans le genre ?

— Oh, ça va.

Isaac est parti danser avant moi, alors que j'attendai au bar que mon corps et mon cerveau se réveillent ; qu'un semblant de défonce fasse surface. J'ai regardé l'heure sur mon téléphone, une fois, deux fois, trois fois. Il ne pouvait pas m'avoir vendu de l'Aspirine, puisque les gars étaient déjà entrain de courir après la musique, au devant de la salle. Alors pourquoi est-ce que cette foutu coke ne me faisait-elle pas d'effet ? Étais-je devenue si insensible ?

Je commençai sévèrement à douter de ma soirée quand j'ai réalisé que le son autour de moi était devenu différent. Les discussions des gens se multipliaient, comme dans un vernissage dans lequel on n'entend rien d'autre que des blablas incompréhensibles qui forment un énorme brouhaha. La musique n'était plus qu'un bruit sourd et maladroit qui me transperçait les tympans. J'ai reconnu de suite le bad trip puisque je l'avais déjà rencontré chez Moune, quelques mois auparavant. Mais celui-ci n'était pas un petit bad trip. Je sentai que j'allais devoir me battre avec lui pour le faire disparaître et que j'avais peu de chances de remporter la partie. Je me noyai dans le son, qui, lourd et acide, dégoulinait du plafond. La musique laissait place à la voix du diable. « Tu nous entends le blizzard, tu nous entends ? » Oui je vous entends, du moins pour le moment, mais par pitié, taisez-vous !

Mes pas intergalactiques me menaient lentement vers l'escalier. Je devai à tout prix rejoindre l'extérieur pour m'allonger dans l'air frais, dans le silence. Où était Isaac ? Il dansait toujours comme un âne à l'avant de la péniche, avec ses deux confrères. Il savourait sa soirée, le salop. Mais pas le temps d'y penser. Au beau milieu des escaliers, ma vision est devenue si trouble qu'il m'était impossible de continuer à monter. J'entendais par-ci par là des « Ça va ? Ça va pas ? Tu vas bien ? Oulala, elle a pas l'air bien celle-là [...] » Aidez-moi bande de mollasses, portez-moi et asseyez-moi dehors ! J'aurais aimé avoir la force de répondre tout cela mais me suis contentée d'un « Je vais vomir. », ce que je fis instantanément.

A ce moment là, une voix qui m'était familière me recouvrit de questions :

– Hélène ? Qu'est-ce que tu fiches là ? Je savais pas que tu sortais ce soir, t'es con on serait venues ensemble ! Isaac est là ? Ils sont où tes copains ? Hélène ? Ça va ?

Je pensai : « Si cela ne t'embête pas, Laurine, nous pourrions remettre cette conversation à un peu plus tard, n'est-ce pas ? » Sur quoi elle m'a descendue aux toilettes. J'aurai préféré aller dehors mais elle trouvait plus judicieux pour moi de vider mon estomac à l'abri des regards. Nous dépassions la file de lesbiennes pseudo-grunges et Laurine m'enfermait dans une cabine, m'assurant qu'elle restait devant à m'attendre. J'ai penché ma tête au dessus des toilettes, qui semblaient me dévisager. J'y ai vu un démon qui ouvrait grand sa gueule, pour accueillir le fin fond de mes entrailles dans les siennes. Des flaques rouges foncées gisaient dans les cabinets. Lorsque j'ai remarqué que je vomissais du sang, j'ai passé ma main sous la porte et ai tenté de dire « Ouvrez, ouvrez ! » malgré les rejets presque noirs que je dégobillais par spasmes. Mais la seule réponse que j'ai obtenu à mon appel à l'aide était « Bon, la gosse, t'as bientôt fini ? T'es pas toute seule ! » Où était Laurine ? Si, justement, je crois bien que j'étais toute seule. Seule au monde pendant les quelques minutes les plus longues de ma vie. Encore une fois.

Soudain, mes yeux se sont écarquillés. J'ai attrapé ma gorge des deux mains, paniquée : je ne respirai plus. Mon souffle était coupé, et croyez-moi, réaliser que l'on ne peut ni inspirer, ni expirer, c'est bien plus qu'affolant. J'ai ouvert le loquet de la porte et me suis effondrée aux pieds des nanas qui attendaient leur tour pour pisser. J'ai entendu :

– Elle est morte !

Et me suis demandée si je l'étais ou non. Je semblais être morte. Je sentai mon âme qui décollait de ma peau, pour de vrai. Mon cœur ralentissait. Je partai. Qu'est-ce que j'étais supposée faire ? Et les autres ? Qu'étaient-elles supposées faire ? Mon âme a transpercé le sol et j'ai fondu dans une piscine laineuse illuminée, pendant un temps que je ne saurai décompter. En une fraction d'instant, une grande main de la taille de mon corps m'a piochée dans ma piscine laineuse pour me remonter à la surface. Comme la main de la terre qui venait me repêcher là où j'étais partie par erreur. Une grosse tâche noire m'est apparue, de même que lorsque l'on a fixé le soleil trop longtemps. C'est là que j'ai repris mon souffle. Une foule gens était penchée au dessus de moi, dehors, sur les quais – dont Isaac. Qu'est-ce que je venais de vivre, au juste ? Était-ce bien réel ?

7

Une amitié se hache au couteau à beurre. La torture pose ses valises un jour choisi au hasard et prend plaisir à dépecer une relation pore après pore. Les pics commencent à voler, à se planter là où ça fait mal. On regrette, on se sent con, on se remet en question mais en vérité on ne sait pas qui a tord et qui essaie d'avoir raison. Laurine et moi avons commencé à nous lancer des regards qui soupirent un jour de descente, avachies devant une vieille cassette des Muppets, sur laquelle nous avions pourtant tellement ri. Nous nous sommes regardées froidement et ce regard signifiait « Nous ne rirons plus jamais ensemble.» Nous n'avions plus rien à nous dire, terminus, tout le monde descend. Quelques jours après ce regard flambant, j'emménageai sur le canapé du salon. Qui se doutait que notre relation ne s'éterniserait pas ? Elle semblait pourtant être partie pour des lustres mais non, c'était faux, tout était faux. Depuis que j'avais presque remplacé la coke par la MDMA, nous ne passions plus les mêmes soirées, même si nous étions au même endroit. Elle avait tenté de s'y habituer, mais au bout d'un moment, le courant ne passait plus. Qu'avait-elle pensé de moi à cette soirée Batofar, lorsque je me gerbais répétitivement dessus ? Très certainement que je n'étais qu'une enfant, une enfant avec qui elle ne pourrait pas s'entendre plus longtemps, une enfant avec qui ce rapprochement fut éphémère mais bien assez long comme ça. J'avais recommencé depuis peu à coker matin midi et soir, et j'espérais que cela lui plaise. Mais rien ne fonctionnait. Je ne lui plaisais plus. Nicoletta a dit « La musique sera la clé de l'amour, de l'amitié », c'est tout à fait vrai. Entre Laurine et moi, c'était étrange, si fou, si puissant, c'était si grand, si intense, si faux. Je ne suis pas sûre de ce que je dis, mais je pense que jamais on ne se serait appréciées si la drogue ne nous avait pas illusionnées.

Quelques jours après cette soirée catastrophique au Batofar, Isaac souhaitait, à ma place, mettre les points sur les i. Il se gratta les cils en grimaçant un peu, la bouche en fer à cheval :

– N'empêche.

Il soupira et commença à jouer avec ses ongles, l'air pensif. Finalement, il se tu et parti dans la cuisine se chercher une bière. Sa phrase semblait terminée. J'ai lancé :

– Bin n'empêche quoi ?

– Je réfléchis.

[...]

– N'empêche que cette fille est dépourvue d'intérêt. Je dirai même qu'elle est pas net, louche, bizarre, ou un truc dans le genre.

– Ah bon. Si tu le dis, c'est que ça doit être vrai.

– Si j'avais pas débarqué, tu serais restée seule dans ton coma avec les dix petits cons foutrement creux qui se penchaient sur ta lividité sans rien faire.

– Ah bon ? Bah, elle était peut-être partie chercher de l'aide ?

– C'est pas la première fois qu'elle te laisse en plan, et ce sera pas la dernière. Ça n'a pas de sens, de fréquenter cette fille. T'es pas obligée ! Qu'est-ce que t'y gagnes, franchement, à fréquenter cette fille ?

– Bin c'est à dire que j'habite ch...

– Arrête de chercher des excuses. On peut pas toujours avoir le dernier mot.

Le lit d'Isaac était une cascade de bonheur qui nous fouettait en pleine gueule, et pas seulement pendant nos ébats. Nous jouions beaucoup à des jeux complètement cons, comme deux gamins, comme deux gamins qui s 'aimaient. Nous sautions sur le lit en chantant « *Tout autour de nous, les gens sont jaloux, ils me reprochent surtout d'avoir pour toi des yeux trop doux, et de t'aimer follement, mon amoooour, de t'aimer follement nuit et jooouuur...* » Nous faisions des batailles d'oreiller à en disperser les plumes aux quatre coins de la chambre, passions un temps fou à regarder le plafond en nous tenant la main à la recherche d'étoiles filantes imaginaires. Tout me plaisait chez Isaac, aussi bien mentalement que physiquement. Sa personnalité si intelligemment bizarroïde me plaisait, ses goûts me plaisaient, ses yeux noirs, sa barbe de trois jours, ses côtes pointues, ses mains imberbes et blanches neige me plaisaient. C'était la fête à l'intérieur lorsqu'il me prenait dans ses bras, tout explosait, mon cerveau disjonctait, jetait les confettis, les sacs de riz, et les cœurs dans les yeux. Il me regardait avec cette tête qui ne trompe pas, cette gueule d'amoureux niais qui semblait vouloir me couvrir de baisers à chaque seconde.

On dit que l'amour rend con et aveugle et sourd, la drogue aussi : imaginez les deux ensemble.

8

Une après midi en pleine descente, pas moyen de dormir. Je m'agaçai, claquai des dents, me rongeai toutes les cuticules, faisais les cent pas dans l'appartement de Laurine. Ce foutu appartement que je trouvais de plus en plus petit, de plus en plus chiant, de plus en plus moche. Et Laurine qui dormait comme un bébé depuis déjà deux heures. Plus de petit remontant. Je pensai à la bouteille de rouge 1998 qui se cachait dans son placard, habillée d'un nœud bleu et de mots cartonnés « Joyeux anniversaire à ma petite fille chérie. ». Est-ce que j'étais vraiment en train de songer à voler mon amie ? Était-elle d'ailleurs toujours mon amie ? Qui étais-je ? Est-ce que j’existais vraiment, si oui, pourquoi ? J'ai ouvert le placard et ai fixé cette bouteille. Finalement, je tentais une autre solution avant d'en arriver là. En bas de l'immeuble se rassemblaient toujours une petite dizaine de types qui dealaient. Nous allions les voir les semaines où aucun vendeur n'était disponible, où ils avaient tous changé de numéro où n'avaient pas encore été livrés. Je suais, ma mâchoire grinçait, mes yeux révulsés étaient près à sauter de leurs trous. Quiconque me voyait dans cet état aurait compris qu'il y avait quelque chose de pas net, de vraiment pas net. Mais qu'en avais-je à fiche, des gens ? Peu importe ce qu'ils penseraient de moi. Peut-importe si la voisine me voyait en train de me gratter la tête et de me tirer les cheveux. C'était comme une sorte de manque. Comme si mon corps m'insultait. Les vendeurs de secours n'étaient pas au bas de l'immeuble. Mon cœur battait à vitesse grand V. Je tentai de téléphoner à Isaac qui ne me répondait pas. Qu'est-ce qu'il pouvait bien foutre ? Isaac était toujours là quand j'en avais besoin. Pourquoi ne me répondait-il pas ? Que pouvait-il bien être en train de faire ? Peut-être avait-il trouvé une autre gonzesse. De toute façon, je ne le méritais pas, me disais-je. Il était trop bien pour moi ! L'amour est une drogue comme toutes les autres : le premier jour de sevrage est le plus intense, le plus affreux. Ce jour invivable qui vous fait regretter votre existence. Je rentrai à la maison, toujours grelottante, mâchoire grinçante, accompagnée des sonneries de mon téléphone suivies du répondeur d'Isaac. Puis directement du répondeur. Lorsque je pliais mon bras pour porter mon téléphone à l'oreille, mon coude me faisait terriblement mal. J'ai appris plus tard que ces rhumatismes étaient dus à une totale déshydratation. Parce que la drogue déshydrate et qu'en plus de ça je ne buvais pas d'eau. Jamais. Seulement de l'alcool et du jus de fruit, parfois du Coca-Cola. Et ce répondeur qui me titillait les oreilles ! Pourquoi Isaac ne me répondait-il pas ? Je tentai inutilement de me convaincre en me répétant « Il est peut-être occupé... » tout en sachant que ce n'était pas vrai. « Il est peut-être occupé », on sait toutes ce que ça veut dire. Ça veut dire qu'il n'y a rien d'assez préoccupant qui puisse excuser cela.

Laisser sa copine sans nouvelles. Ne pas lui répondre. On a toutes connu ça, une journée sans nouvelles à regarder son téléphone toutes les minutes. Mais on n'a pas toutes connu ça en descente de MDMA. Je m'endormis deux heures plus tard, sur le canapé, il était seize heures. Le soir, à vingt-deux heures lorsque je me réveillais, Isaac m'avait laissé un message vocal. « Il dormait », tout simplement.

9

Si vous voulez dégoûter quelqu'un de Paris, emmenez-le dans un after. Le principe de l'after étant d'occuper ceux qui n'ont pas encore sommeil, je vous laisse imaginer le type de fréquentations que l'on y trouve. Soit les clients n'ont pas encore dormi – ce qui signifie, généralement, qu'ils ont besoin de quelque chose pour les tenir debout – soit ils ont dormi et se sont réveillés pour venir faire la fête, au beau milieu de la journée, ici dans la cave du 130 rue de Rivoli, et dans ce cas là, ils sont encore plus cinglés que les autres.

Aller dormir avant le lever du jour était un truc de chochotte. C'est Laurine qui m'a fait découvrir ces endroits étranges, inconnus par beaucoup. Comme une montre dans laquelle chacun danse en attendant de redescendre, parfois en reprenant un parachute, j'étais là sans être là. À partir d'une certaine heure et d'une certaine dose de ci et de ça, je n'étais plus moi-même. Je ne sais pas si c'est quelque chose de personnel, mais je me mettais à mentir, à raconter des histoires dépourvues d'intérêt, à persuader que je m'appelais Winston et que j'étais Américaine, mannequin, actrice ou je ne sais trop quoi d'autre, je parlais en anglais — jusqu'à ce que j'ai la malchance de tomber sur un anglophone qui m'a ricané au nez, m'a traitée de « liar » et a filé en se foutant ouvertement de ma gueule. Je me souviens d'une fois où un type m'a demandé ce que je faisais dans la vie. Il avait l'air prétentieux avec son look de hipster, hasbeen canonisé, longue barbe et sourcils qui cachaient ses yeux alors qu'il n'avait pas un poil sur le cailloux. Ses vêtements étaient si étranges ; pourtant je suis presque sûre qu'ils n'avaient rien de spécial mais j'en garde un souvenir si bizarre, de ce type qui ne marchait pas droit, tellement perché, qui me harcelait de questions alors que mes réponses paraissaient l'emmerder. Alors, ce type me demandait ce que je faisais dans la vie :

– Laisse-moi deviner. Tu es mannequin ou quelque chose de ce genre.

– Loupé ! Je suis inventeur.

– Ah bon, et tu as inventé quoi ?

– La lumière que quand on tape des mains ça s'allume.

Autour des tables étaient assis de jeunes types pathétiques qui se prenaient pour des macs, proposant à boire ou à sniffer à qui rentrera dormir avec lui ; sous entendu « c'est donnant-donnant, tu me fais les poches et moi je te fais l'amour. » Un double scotch à la main et puis devant eux un magnum de vodka ou de champagne qu'ils n'avaient même pas encore ouvert. Peut-être d'ailleurs n'allaient-ils jamais l'ouvrir, c'était pour attirer le gibier et puis après ils rendaient au patron. Quelle bande de couillons. Les pauvres.

Il y a bien une chose que je détestais du plus profond de mon être, lorsque je sortais à Paris : le retour en métro en plein jour. Parfois nous prenions le taxi, mais il était rare que nous ayons encore un billet dans la poche en sortant de soirée. Le métro, c'est 4 millions d'étudiants et de pingouins en costumes qui se rendent à toute vitesse au bureau. Alors que nous marchions presque à reculons, ceux-ci nous paraissaient d'avantage pressés. Nous plissions les yeux, non pas pour dissimuler nos pupilles gigantesques, mais à cause de la lumière éblouissante. Alors que notre corps crevait de fatigue, nous même n'avions pas sommeil. Cela n'a rien de logique, et pourtant.

Prendre le métro était un effort surhumain. Le trajet me paraissait terriblement long ; surtout quand je rentrais chez moi seule, au beau milieu de la journée, bousculée par ceux dont la vocation n'était que de doubler les autres. A quoi bon se hâter, courir à contre cœur là où ils n'avaient pas envie d'aller ? Ils savent pertinemment qu'ils seront à l'heure mais c'est ça, le stresse Parisien contagieux, l'Adrénaline Chatelet-Les-Halles.

Le métro me paraissait être un monstre, qui attirait les passagers pour les avaler, comme un aller simple vers l'enfer. Il s'engouffrait dans le tunnel, un cri du diable. Pourquoi étaient-ils si pressés ? Forcément, ma vitesse corporelle étant si désordonnée, fusant à l'intérieur et flemmardant à l'extérieur, il m'était très compliqué de savoir si les choses étaient rapides, ou lente, ou aucun des deux.

Prendre un trip avant de grimper dans le métro est un truc de débutant : je pense ne pas avoir besoin de m'étaler là dessus, c'est logique, cela va de soi.

10

Le plus chiant lorsque l'on passe une nuit en garde à vue, c'est de partager sa cellule avec un type qui n'a rien fait :

– Vas-y s'te plait laissez-moi sortir j'ai rien fait !

– Bah moi, bah moi je m'en fous, de toute façon, de toute façon j'ai rien fait alors bon.

– Mais puisque je-vous-dit-que-j'ai-rien-fait.

– Putain ! Vous allez voir quand c'est que j'vais sortir c'est qui qui va rigoler en dernier ! Wesh !

Quand on est un(e) junkie, on a l'opportunité de découvrir des endroits qui n'existent qu'à la télévision. Les QG à macs, les quartiers sensibles, les hôpitaux psychiatriques et les cellules de dégrisement. Autrement dit, les décors les plus moches. J'ai passé mon premier et dernier séjour en garde à vue, la nuit du 2 au 3 Février 2012, au commissariat de la Gare de Lyon. Pourquoi ? Pour la raison la plus stupide qui puisse mettre la justice à dos :

– Titre de transport, s'il vous plaît.

– Bin...Je...l'ai perdu.

– Votre carte d'identité ?

– Bin...Je...l'ai perdue.

– Bin... Je...

Dans la salle d'accueil de ce commissariat, m'attendait chaleureusement un large banc en bois, tagué et chewing-gumé. Une femme d'une quarantaine d'années aux traits fatigués était assise sur ce banc, menottée, sans mots dire. Je me souviens que sur son avant-bras était tatoué « Mon fils, ma fierté. » accompagné d'une croix catholique. Elle avait l'air au fin fond du gouffre, là où il fait sombre et froid. Et moi, à côté d'elle, qui me tissais une vie désastreuse alors que j'avais l'occasion d'en faire une belle tapisserie. Si jeune et déjà tant creusée par les cernes, maigre et pleine de boutons à cause de mon sang trop sale. Pour qui me prenais-je ? Pourquoi me suis-je créée une vie à problèmes ? La drogue est l'espoir de ceux qui n'en n'ont plus. J'avais de l'espoir et je n'avais pas de problèmes. Je n'avais pas le droit, moralement, de plonger dans une telle folie.

Tandis que deux hommes en uniforme tapaient mon nom sur un ordinateur, espérant découvrir que j'étais une clandestine ou je ne sais trop quoi d'autre, une femme s'autopermettait d'ouvrir mon sac à main.

– Est-ce que vous avez quelque chose à déclarer avant que je ne procède à la fouille ?

– Non Madame.

C'était vrai. Je n'avais rien à déclarer. Je n'avais rien à déclarer parce que je ne savais pas plus qu'elle que ce petit parachute de MDMA, perdu la semaine précédente, était passé dans la doublure de mon sac. Je me disais « qu'elle injustice, je n'y touche plus depuis quelques jours et c'est aujourd'hui qu'on me tombe dessus ! »

La prison temporaire est longue, inconfortable et trop peu hygiénique. Dans cette cage animale, captive, là où les oiseaux ne volent pas, des hommes s'attribuaient ma liberté au nom d'un Dieu fermé d'esprit qu'ils appelaient « La Loi ». Ils trouvaient que ce vivarium dégueulasse m'allait bien. J'étais sensée m'y sentir chez moi, parmi les voleurs et les violeurs.

N'est-ce donc pas une maladie d'être toxicomane ? Est-ce ainsi qu'ils la soignent ? Pourquoi nous traiter ainsi ? Pourquoi nous vendre dans les médias comme si nous étions de dangereux microbes ? Il faut nous traiter mieux que ça, nous proposer de l'aide même si nous la refusons, il faut nous servir un repas digne, bordel ! Est-ce que je méritais cette cage à l'odeur de sueur, cette chose plate qu'ils appelaient un « lit », ces regards glaciaux, ces questions sans réponses, ce bœuf caoutchouteux au riz à moitié réchauffé, servi dans une gamelle en plastique ?

Le statut juridique de l'animal est aujourd'hui passé de « meuble » à « être doté d'une sensibilité », il serait peut-être temps de considérer les humains comme des êtres, eux aussi. Je n'étais qu'une jeune fille, même pas encore une femme, à la quête d'elle même, une adolescente perdue, noyée, engloutie par cette étendue de poudre mouvante dans laquelle je m'enfonçais sans vraiment m'en rendre compte. J'avais besoin d'aide et je ne le savais pas. Je ne pouvais pas rester là, dans ces soirées vaporées de MDMA, entourée de ces monstres, ces zombis dont les yeux n'allaient pas tarder à exploser d'encre noire, et leurs mâchoires grinçantes qui manquaient de tomber à chaque fois que la bouche ne tentait de s'ouvrir ! Ces soirées vénéneuses dont j'étais prisonnière, comme dans cette modeste chambre à barreaux.

Ces faux fêtards dont la nuit n'était qu'un prétexte pour se défoncer, ces chiens errants salivant devant tout ce qu'ils voyaient de blanc, ces malades, comme moi, ces dépendants, ces addicts aux sensations intenses. Ce qui brillait le plus en mes nuits de cristal n'étaient pas les effets de lumières, mais la peau moite des drogués qui scintillait et dégoulinait. Cette image de donjon sombre et humide dans lequel je m'enfonçais pas à pas, était devenu matérielle, ce jour-ci à la Gare de Lyon. Et je ne pouvais m'en prendre qu'à moi-même.

Loin des clichés médiatiques qui circulent sur les détenus de prison, il n'y a pas là que des Verlandais aux casquettes retournées. Et surtout, il n'y a pas que des Maghrébins. Il y a aussi des Français, surtout des Français, des Chinois, des Espagnols, mais surtout des Français. Il commençait à se faire tard – du moins c'est ce que j'ai supposé puisque je n'avais pas l'heure – et l'habituée des nuits blanches réalisait soudain que sans poudre, impossible de rester éveillée. Je me suis alors endormie sur un lit foutrement plat et ai été réveillée au lever du jour, par la même fliquette qui m'avait enfermée dans ce vivarium invivable. Pourquoi est-ce que j'attendais là ? Qu'allaient-ils faire de moi ? Rien. Rien du tout mis à part me coller un questionnaire grotesque pour tenter de me tirer les vers du nez : le nom de mon fournisseur et puis éventuellement son numéro de téléphone actuel. J'ai répondu qu'il s'appelait Momo, parce que la plupart des fournisseurs se font appeler Momo, même s'ils sont nés à Neuilly. Quant à son numéro, j'ai prétendu qu'il l'avait déjà changé et que moi-même ne connaissais pas le nouveau — les dealers changent de carte SIM tous les mois.

Et puis voilà : j'étais tirée d'affaires. Ils me relâchaient dans la nature, avec mon addiction collée au derrière. La droguée on s'en fiche, tout ce qui nous intéresse, c'est son fournisseur.

11

« J'ai aménagé un emplacement rien que pour toi. Un vrai petit studio. » m'assurait Eric. Le vieux avait poussé deux chaises et exposé ses coupes et médailles de cyclisme derrière moi pour faire office de décors. Je me suis plantée devant son appareil photo, droite comme un piquet, éblouie par le soleil de treize heures qui me rayonnait sur le visage. Je me mordillai les lèvres, me grattai les ongles, me rongeai les cuticules, regardai à gauche à droite en haut en bas, ne sachant que faire. Et puis j'ai tenté misérablement de copier deux-trois poses révisées dans des magazines de cabinets type Closer, ce qui, visiblement, le satisfaisait. Je me sentais ridicule sous les « clics » de son Nikon, me demandai ce que je fichai là, tentai de me motiver en pensant aux deux cents euros qu'il allait me filer. Le perroquet qui chantait toujours « Je retourne chez ma mère, je retourne chez ma mère ! » me détendait un peu, j'échappais un vague ricanement dès que l'oiseau se mettait à parler.

– Qui est-ce qui est retourné chez sa mère ? j'ai demandé.

Ce à quoi il me répondait ce que j'aurais préféré ne jamais entendre :

– Personne. Tu sais je me disais juste à l'instant que, prendre la pose toute habillée, ça fait un peu catin. Tu ne trouves pas ? Le nu c'est bien plus élégant, bien plus naturel, bien plus artistique... N'ai-je pas raison ?

– C'est que...

– C'est que quoi donc ?

– C'est que si j'aurais su... (ici c'est fait exprès le « si j'aurais su » mais est-ce qu'il y a un S?)

– Si t'aurais su quoi ? Si t'aurais su t'aurais pas venu ? Enlèves donc ton t-shirt.

Et puis je l'ai entendu marmonner :

« Ça joue les petites putes provocantes avec les bubble-gum et les chaussures à talons et après ça refuse de montrer le peu de néné que ça a... »

Je faisais mine de dégrafer mon soutien-gorge, tout en réfléchissant. Solution 1) Je filais à la course en prenant le risque de me retrouver coincée devant une porte fermée. Solution 2) Je faisais un petit tour aux toilettes pour me repoudrer le nez, ce qui me donnerait très certainement du courage. J'ai choisi la solution 2. Je m'excusai presque poliment et partis m'enfermer quelques trois minutes dans les toilettes. Ces cabinets sentaient le parfum de mauvais goût, la lavande qui « pchit » quand on passe devant. Un parfum de vieux richou. Toujours est-il que c'était sûrement plus agréable que l'odeur lessiveuse que laisse la coke dans les narines. Sur la cuvette, je vidai en vitesse le reste de mon pochon, l'équivalent de trois traits. Après me les être enfilés et avoir vérifié dans le miroir la propreté de mon nez, je tirais la chasse d'eau, pour simuler. Et voilà que quelques minutes plus tard, « Coraline » avait fait son devoir. Je posai sans gênes devant l'appareil photo du vieux sale, sans vêtements, aguicheuse, provocante, désinhibée par ma poudre de Perlimpinpin. Sur quoi j'empochai ces deux-cents euros que je viendrai chercher une fois par semaine. L'argent de mes parents ne me suffisait qu'à payer la bouffe. Il faut dire que je n'étais pas très économique, entre les pizzas, les kebabs, les sushis à la commande, les entrées en boîte de nuit et les verres d'alcool : comment étais-je supposée payer ma came, lorsque Laurine n'était plus là pour m'en offrir et qu'Isaac était encore plus fauché que moi ? Il me fallait plus d'argent. Toujours plus. Impossible d'entreprendre un travail ordinaire : un réveil matin à 6h30, soit l'heure à laquelle je partais en after ! À vrai dire, avec mon mode de vie et ma mine cadavérique, qu'aurais-je pu faire d'autre ? Sans coke, je ne me serais jamais sentie capable de faire de telles choses. Exposer mon petit 85-A d'adolescente même pas terminée, aux yeux de ce pervers dégueulasse. Ce pédophile qui cherchait des fillettes tout juste majeures, pour ne pas avoir d'ennuis. Sans coke, j'aurais préféré patauger dans une mare de merde plutôt que de me trouver là, ce qui, pour dire vrai, revenait un peu au même.

Isaac ne savait pas où il m'avait envoyée. Je lui rapportais que tout allait bien, que ce super type pas si vieux que ça me faisait poser dans un studio très professionnel, des photos de mode, des éclairages, une maquilleuse, une styliste, etc etc. Je débordais d'imagination lorsqu'il s'agissait de réinventer ma vie. Si je lui disais la vérité, il m'interdirait d'y aller. S'il m'interdisait d'y aller, nous n'aurions plus un rond pour la came en tout genre. À mes parents aussi, je leur en ai raconté des belles. Comme ce week-end où je suis partie leur rendre visite, un peu par obligation. « Ma fille, aurais-tu oublié tes vieux parents ? Viens donc nous voir un peu. » C'est vrai. Je les avais totalement oubliés. Ils ne servaient qu'à me fournir un peu de fric et un peu plus encore. Papa et Maman ont remarqué de suite que j'étais bien plus mince, que mon teint avait pâli, aussi que mes cernes étaient noires et que je commençais sérieusement à collectionner les boutons. Je trouvais mes copines ennuyeuses, Saint-Ju m'emmerdait et je me demandais vraiment comment est-ce que j'avais pu passer autant de temps dans ce foutu patelin. Paris me manquait à peine l'avais-je quitté. Je ne pensais qu'à une chose : y retourner. Pas de came avec moi à Saint-Ju. Je passais mon temps au téléphone avec Isaac, mon temps à répondre mal à mes parents et à mes copines d'enfance. Ils ne me reconnaissaient plus, j'avais changé, je n'étais plus comme avant, je n'étais plus moi-même. Ils avaient bien raison. Je n'étais plus moi même. Ma vie tournait tant autour de la défonce que j'en oubliais qui j'étais. J'en oubliais de chercher à découvrir qui j'étais. Ce que j'allais faire de ma vie. Je vivais au jour le jour comme si hier et demain n'existaient pas. Comme si j'avais déjà tout vu et tout vécu. À dix-huit ans.

Les parents font bien trop confiance aux enfants, alors qu'ils ont tous eu 18 ans.

12

Pourtant je n'avais rien dit de blessant. Je réfléchissais pendant qu'Isaac me criait dessus à bouchc à demi ouverte, serrant ses poings qu'il fixait en écrasant ses dents du haut contre celles du bas. C'était une conversation si banale, je réfléchis, réfléchis, mais ne compris pas. Que diable avais-je pu dire de si blessant pour qu'Isaac s'agace ainsi ? Nous avions décidé de moins sortir pour alors éviter la tentation MDMA. Nous passions nos soirées ou chacun chez soi, ou tous les deux chez lui, armés d'un gramme de coke qui nous aidait à ne pas nous ennuyer.

Avachis sur son lit, nous regardions le plafond en attendant la fatigue. Notre cerveau était en pleine forme, nous discutions parce que nous ne pouvions pas faire autrement. Isaac avait bondi si brutalement que j'en sursautai. Pourtant je n'avais rien dit de blessant, non. Je n'avais rien dit de blessant. Notre conversation surcokée avait commencée ainsi :

— N'empêche.

[...]

— N'empêche qu'un plafond, c'est vachement bizarre. C'est pas net, c'est louche, ou un truc dans le genre.

[...]

— Parce que ce qui est notre plafond est le sol de quelqu'un d'autre, tu vois.

— Ce qui veut dire qu'on se fait marcher sur la tête, quoi ! je répliquais.

— Exactement. Comme si on était soumis à notre voisin du dessus.

— Bin, ouais.

— Mais comment est-ce qu'on pourrait résoudre ça, hein, tu peux me le lire ?

Je me grattai l'avant-bras et haussai les sourcils avant de lui répondre :

— Bin, non.

Et c'est là qu'il avait bondi.

— Bin non bin non quoi ? Tu veux te laisser marcher sur la gueule, c'est ça ? Comme un mouton ? Comme un putain de mouton ! Comme le jour où je t'ai rencontrée, parterre à te laisser piétiner ? Hein, c'est ça ! Tu veux être soumise, ou un truc dans le genre ? Moi je suis pas comme ça, *hein*, non mais tu me vois franchement porter la Burqa ? C'est pas parce que j'aime bien les musulmans que j'en suis un, hein, tu crois que je m'intéresse à la religion ? Tu crois que je suis vide au point d'être un putain de religieux ? Tu dis ça parce qu'on a pas encore couché ensemble cette semaine ? C'est ça ? Tu veux plus coucher avec moi? Tu m'aimes plus alors, si je comprends bien. C'est ta coloc, c'est ça ? Tu veux te la serrer ? Je le savais bien, de toute façon, que t'étais attirée par cette fille. Si t'es pas du bon bord il faut le dire tout de suite, tu sais moi j'ai rien contre les lesbiennes, regarde Frank, il est PD et je m'en fous ! Mais dis le maintenant, si c'est ça. Parce que j'accepterai pas que tu te *foutes* de ma gueule plus longtemps.

Il reprit son souffle et se tourna vers moi, les yeux rouges d'agacement :

— QUOI ! Tu te fous de ma gueule ?!

— Bin non ! Bin non ! Pas du tout !

— Tu viens de le dire, que tu te foutais de ma gueule. Vas-y, répète ça pour voir ?

— Isaac, je... tu...

Et vlan. Un aller simple en pleine poire, qui me laissait jusqu'au lendemain, quatre doigts rouges imprimés sur la joue.

Voilà. Voilà à quoi ressemble une soirée sous cocaïne. Un agacement sorti de nulle part, tout ça à cause d'un dialogue qui, lui même, ne menait nulle part. Elle est belle, la drogue qui rend intelligent.

Requiem pour un plafond.

13

Il y eût ce soir étrange qui réussit presque à me remettre en question — pour de bon. Isaac était invité à passer la soirée chez une connaissance à lui, le même type qui lui avait prescrit Eric, le photographe. Sans doutes un richou, comme Eric ! Cela allait être une soirée cool, avec des gens cools, une soirée en appartement où l'on nagerait dans la musique et la bonne humeur. Nous dormirions là-bas, alors pas de souci de métro, pas de souci d'horaires. J'étais formelle : ni coke, ni MD. La coke rend con et la MD rend fou. Juste quelques verres — si toutefois cela nous faisait quelque chose. Une soirée simple et bien fréquentée. Du moins c'est ainsi que me l'avait vendue Isaac. Arrivés au septième étage de cet HLM, qui n'avait pas été rénové depuis l'année de ma naissance — ou avant, Isaac sonnât à la porte. Une fois. Deux fois. Trois fois. Était-il bien sûr que c'était ici ? Oui, il en était bien sûr. Il s'apprêtait à sortir son téléphone lorsque la porte s'ouvrit. Devant nous, s'étendait un type d'une trentaine d'années. Tout ce que j'en ai retenu, c'est qu'il tenait entre ses dents, un garrot de caoutchouc noir qui était serré autour de son bras. Il grogna à ses amis qu'ils auraient pu faire un effort pour ouvrir la porte, qu'il était sacrément occupé, et, sans même nous dire bonsoir, partit s'enfermer dans une pièce. J'ai regardé mon homme en fronçant les sourcils, l'air de dire « c'était quoi, ça ? Ce type se pique à l'héro, ou je rêve ? » ce à quoi son regard me répondait un « Mais non, ne t'inquiètes pas. » Nous sommes entrés dans le salon, dans lequel se tenaient une douzaine de personnes. Une partie était vautrée sur des coussins, par terre — d'ailleurs il y avait très peu de meubles — complètement à l'Ouest. Les autres dansaient, « médusés ». Le sol était collant de bière renversée, et la pièce empestait le tabac froid. Aucun d'entre eux n'avait eu la bonne idée d'ouvrir la porte-fenêtre, ni encore moins de fumer sur le balconnet. À première vue, cette soirée me paraissait être tout le contraire de ce dont m'avait parlé Isaac. Et puis je me suis dit, naïvement : « Enfin Hélène, l'habit ne fait pas le moine ! Si ça se trouve, ces gens n'ont rien de bizarre et sont totalement sobres. »

C'est cela, oui. Est-ce que j'étais tombée chez *Requiem For a Dream*, ou quelque chose dans le genre ?

J'ai tant essayé d'effacer ces images de ma tête que celles-ci me sont devenues abstraites. Au bout d'un certain temps, peut-être une heure ou moins, Isaac, qui s'amusait comme un petit fou, s'est enfin souvenu que j'existais.

— T'es sûre que tu veux rien prendre ? T'as l'air ne t'ennuyer à mort.

Il avait parfaitement raison, cela me ferait passer le temps de gober quelque chose, n'importe quoi. Sauf de l'héroïne, bien entendu. Ne m'avait-on pas dit que les consommateurs d'héro n'avaient rien à faire avec les consommateurs de MDMA, LSD, coke et tout le tralala ? Que c'étaient deux mondes différents, qu'ils ne s'entendaient pas, que l'héroïne était mille fois plus dangereuse et addictive que le reste, reste qui soit disant n'était ni dangereux ni addictif ? Juste un petit trait ou un parachute sinon je deviendrai cinglée dans cet appartement on ne peut plus glauque.

Ça y est. Je commençais à réaliser où j'en étais arrivée. Ces fixers sur lesquels je fantasmais tant à la télé et sur le net, me disant « Quels gens courageux, quels héros de la nuit ! » ne me paraissaient pas aussi chouettes en vrai. C'était la première fois que je voyais ça, ce type avec son caoutchouc dans la bouche, et je ne m'y attendais tellement pas que j'ai pris peur. À vrai dire, je ne m'attendais à rien de tout ça. Je me répétais sans cesse « Nous, on n'est pas de vrais drogués, n'est-ce pas ? On s'injecte pas ces merdes dans les veines. » Je ne savais plus que penser de rien. Qu'est-ce qui est bon et qu'est-ce qui est mauvais ? Qu'est-ce qu fait cool et qu'est-ce qui fait barjot ?

J'ai franchi le pas et ai demandé à la nana à coté de moi :

— Dis, bin, heu... T'aurais pas quelque chose ?

Ce à quoi elle me répondait :

— Si tu parles de trips, je touche pas à ces machins-là. Ça marche au petit bonheur la chance, un coup à te rendre fou.

Isaac s'est à nouveau penché sur moi, qui étais assise par terre, contre le mur.

— Alan m'a donné ça. Il m'a dit « Fais-moi confiance, ça dégomme ! » ou un truc dans le genre. Alors ça a l'air bien. Si tu veux, moi aussi j'en prends un, pour que tu te sentes moins seule.

Oh, merci. Quelle générosité.

Ce « truc qui dégomme », c'était du LSD. Isaac en avait déjà pris plein de fois, moi, jamais. Laurine non plus. Elle m'a prévenue à ce sujet « Si tu le prends au mauvais moment, au mauvais endroit, tu vas t'en souvenir, la gosse. » Était-ce maintenant, le mauvais moment, au mauvais endroit ? Cela en avait tout l'air. Cela ressemblait exactement au *mauvais moment*, au *mauvais endroit.* Mais au point où j'en étais, que pouvais-je donc risquer ? Je connaissais les bad trips et de toute façon, cette fois-ci, j'étais dans un appartement, Isaac était près de moi, je ne risquais rien, me disais-je.

Je ne risquais rien.

Le truc qui dégomme a fait effet presque de suite. Je m'en suis rendue compte lorsque le cendrier, qui était posé devant moi, s'est levé sur ses jambes pour finalement se recoucher. Le mur s'est mis à onduler, puis à rigoler à n'en plus pouvoir s'arrêter. Les autres dansaient la valse. J'ai regardé l'un des types avec attention avant de lui demander :

— Pourquoi tu veux pas danser avec lui ?

— Avec qui ?

— Tu vois bien qu'il veut danser avec toi !

— De qui tu me parles ?

— De ce foutu cendrier !

Lorsque j'ai réalisé que je pataugeais dans l'eau, j'ai regardé mes pieds qui étaient devenus deux bateaux. Quand j'ai relevé la tête, Isaac avait grandi d'au moins un mètre. La voilà, la drogue merveilleuse à laquelle je m'attendais lorsque j'ai essayé la coke. Si seulement je l'avais trouvée plus tôt ! J'étais si fière de ma découverte que j'ai sauté sur Isaac pour l'embrasser follement, dans le cou, sur le front, sur la bouche. Je le fixais dans les yeux lorsque soudain, Isaac est arrivé derrière moi.

Le vrai Isaac.

— Qu'est-ce que tu fous, Hélène ? T'es pas bien ?

Sans répondre, j'ai fixé ce type que je venais d'embrasser, puis Isaac, puis à nouveau ce type. Et là, j'ai basculé.

C'était bien pire que mon bad trip au Batofar. J'ai vu les fenêtres se briser, m'exploser en pleine poire. Un morceau de verre étant coincé dans ma gorge, je tentais de le recracher en toussant, toussant, toussant, jusqu'à ce que je m'en étouffe. J'ai pris une cuillère qui traînait sur la table et ai tenté d'attraper ce bout de verre imaginaire en me l'enfonçant dans la gorge. Je m'étouffais encore plus avec cette foutue cuillère, alors j'ai dégueulé, dégueulé, dégueulé. L'eau dans laquelle mes pieds trempaient quelques minutes auparavant devenait noire. Alan s'est approché — sur lui flottait une odeur de sang séché, une odeur de mort. Cette odeur nauséabonde m'affolait d'avantage et je n'arrêtais plus de me baver dessus comme si j'avais la rage.

— Les gars, je crois que la petite fait un freak out.

Qu'est-ce que c'est, un freak out ? Enlevez-moi ce foutu bout de verre de la gorge ! Et puis ma mère est arrivée par derrière et a recommencé :

« Ma fille, tu vas quand même pas devenir comme tous ces gens bizarres qu'on voit à la télé ? »

Sur quoi mes yeux se sont écarquillés, j'ai aspiré le maximum d'air qui pouvait entrer dans mes poumons, et me suis violemment jetée contre le mur. Ma tête cognait le papier peint fleuri à moitié déchiré, et tandis que les camés me regardaient à peine, perchés dans une toute autre dimension, Isaac s'est emparé de moi, qui me débattais contre mes démons. Il réussit à me fiche sous la douche, sur quoi je me suis calmée, deux heures de folie plus tard.

14

L'avantage de la poudre de Perlimpinpin, laquelle soit-elle, c'est que celle-ci crée des amitiés avec facilité. Des couples, également. L'inconvénient de la poudre de Perlimpinpin, laquelle soit-elle, c'est que celle-ci brise des amitiés avec facilité.. Des couples, également. Le 12 mai 2012 marqua la fin de tout ce qui avait pu exister à Paris, réel ou non.

— Tu le sais très bien, pourtant ! Enchaîna Laurine en cherchant je ne sais quoi dans un tiroir de la salle de bain.

— Je le sais mais j'étais défoncée.

— T'étais pas défoncée au point de faire un truc pareil. T'es qu'une étourdie de gosse, voilà ce que t'es. Je suis fatiguée, fatiguée !

— Je te dis que j'étais complètement...

— Tu remets sans cesse la faute sur la défonce, et bientôt ce sera ma faute à moi.

Spirituelle de mes deux. Tu perds complètement la boule, ma pauvre fille. Je suis prête à parier mais de toute façon t'as pas de fric alors qu'est-ce que tu veux parier, à part tes parachutes à la noix ! Je t'assure, bientôt tu vas me le dire, que c'est de ma faute à moi.

— Bin ! Quelle faute ?

— Ma faute si t'as commencé à te déglinguer la gueule, avec tes machins bizarres et tes amis qui sont pas beaucoup plus clairs. Tu le savais très bien, c'est pas la première fois que tu me fais ça. Moi ce que j'en dis, c'est que t'es qu'une foutue gosse sans proportions de quedal. Je suis fatiguée, fatiguée !

— C'est quand même toi qui m'as...

— Tu le savais très bien, j'ai pris violet parce que c'est ta couleur, autrement pourquoi je l'aurais...

— Excuse-moi, okay ? J'ai pas fait exprès, ça arrivera plus.

— Non ça n'arrivera plus et tu sais pourquoi ? Parce que tu-vas-pas-rester-ici, chez moi. Dit-elle en appuyant sur ses mots.

— Quoi ! Tout ça parce que j'ai pris la bleue au lieu de la violette ! T'aurais pas le nez un peu trop blanc, pour t'énerver sur un truc aussi con ? D'abord il y a Isaac qui pète les plombs à cause du plafond qui nous marche dessus et puis maintenant...

Je soupire vulgairement, puis reprends.

— Tout ça pour une histoire de couleurs !

— Non ! C'est pas tout ça pour ça. T'as plus un rond que tu dépenses tout dans les soirées et la foutue MD. Qu'est-ce que tu me racontes avec tes histoires de plafond qui marche ? Je te l'ai dit, ma pauvre fille, tu perds complètement la boule. T'as même pas dix-neuf ans que t'as déjà la tête comme ces filles qui se nourrissent que de laitue. Même un rescapé Juif il aurait meilleure mine que toi. Tu vois pas que tu t'es approprié toutes mes ceintures ?

[...]

— C'est qu'on n'est pas non plus proches au point de s'échanger les salives. J'aime-pasle-violet. Et puis t'as plus un foutu rond que ton porte monnaie résonne si je crie dedans !

— Je pourrais aller plus souvent chez Eric, et...

— Regarde toi, à quoi t'en es réduite. Tout ça pour t'acheter ta MD à la con et puis ta coke quand tu te souviens qu'elle existe. Je suis fatiguée, fatiguée !

— Bordel, tu te foutrais pas un peu de moi, ou je sais pas trop quoi ? Qui c'est qui me dit y'a huit mois que c'est juste pour essayer ? Bah, et, oh !

— Huit mois ? Mon Dieu, huit mois... Je suis fatiguée, fatiguée !

— Tout ça pour une histoire de brosse à dents !

Sur quoi je filais de chez Laurine, même pas encore douchée, ni changée de la vieille au soir. Six marches plus tard, je réalisai que j'avais oublié mon téléphone. Pas question de faire demi-tour. Isaac ne m'en voudrait pas d'arriver chez lui sans prévenir.

Le HLM d'Isaac qui s'étendait devant moi me fit soupirer un « Enfin arrivée. »

J'entends encore le bruit du gravier sous mes bottes. J'aimais bien ce bruit-là car il marquait mon arrivée chez Isaac, et je brûlais de hâte de me fondre dans ses bras.

Le ciel était d'un bleu piscine et les arbres du parc sentaient tellement bon. J'ai grimpé l'escalier par deux marches, jusqu'à ce que je croise cette blonde vénitienne, qui sortait tout juste de chez Isaac. Cette blonde vénitienne qui me ressemblait étrangement. C'était moi avec un ou deux ans de moins et les cheveux un chouya plus clairs. Elle avait mon nez, elle avait presque mes lèvres mais son menton était plus long que le mien. Quant à ses yeux je n'en sais rien parce que je n'y voyais qu'une éclipse : un gros cercle noir entouré d'une fine bandelette de couleur. La bille 8 du billard. Elle s'arrêta devant moi, nous nous sommes fixées d'un air vide, sans dire mot. Je me voyais dans ses pupilles comme on voit dans un judas. La vache ! Alors c'était à ça que je ressemblais quand j'étais dans le même état qu'elle ?

Et voilà. Voilà la scène monstrueuse que le ciel m'a envoyé comme pour me dire « Tire-toi de là pendant qu'il est encore temps ! »

Elle s'est pincée les narines puis a regardé le bout de ses doigts pour vérifier s'il n'y aurait pas encore un peu de blanc ; et j'ai aperçu, tatoué sur le dos de sa main gauche, un début de phrase dont le reste était caché par sa manche en jean :

« *Le parfum de l'amour* »

Elle descendit l'escalier vitesse grand L, lentement, bancalement, si souple qu'elle aurait pu s'envoler au moindre courant d'air.

Je me suis tournée vers la porte d'Isaac, et l'ai fixée pendant une bonne minute, incapable de bouger tellement Parkinson m'avait envahie. J'ai avalé ma salive et ai commencé à me mordre la langue. Mes frissons furent si glaciaux qu'ils manquèrent de me décoller la peau. Je me suis approchée de son appartement, silencieuse, ai glissé un œil par la porte entrebâillée, et ai dû retenir le moindre souffle qui aurait tenté de s'échapper de ma bouche, lorsque j'ai vu ce que j'ai vu.

Isaac était là, royalement installé sur son foutu canapé, nu, vêtu d'une chaussette uniquement, une clope dans une main et ses parties intimes dans l'autre, qu'il empoignait comme un trophée. Il était nu bordel, et cette blonde vénitienne qui sortait de chez lui complètement défoncée !

J'ai senti mes tempes bouillir et ai quitté l'immeuble, toujours muette, sans parler, sans crier, sans pleurer, espérant de tout mon être qu'il ne m'ait ni vue, ni entendue, qu'il ne me courrait pas après, qu'il ne me parlerait pas, jamais, que je ne le reverrai pas, jamais. J'en avais bien assez vu. J'en avais bien assez entendu.

Dehors, le ciel était gris malgré son bleu piscine. Je marchais plus lentement que les arbres, et le bruit du gravier sous mes bottes me griffait les oreilles. Ma peau et mes cheveux me suppliaient de les arracher, je ne les écoutais pas. Mon cœur, qui battait bien trop vite et bien trop fort, a été rendu sous un arbre ; il n'existait plus, il avait fondu. Tout ce que je voyais me répugnait — les immeubles, les voitures, les gens, le panneau « Gentilly » — tout ce que je sentais aussi. Je regardais le dos de ma main gauche, bouche entrouverte, et puis mon nez a commencé à couler, rouge, trop rouge, rouge sang, rouge S.O.S.

C'était fini, Pigalle, les nuits sans fin, les trips, les faux amis, le métro-fiesta-dodo, les afters humides de la rue de Rivoli, la décadence, les Soho Abricot salés, les connards dans son genre, les fous.

Au diable la vie en rose. C'était la fin de Paris. C'était le début de ma vie.

Je suis rentrée à Saint-Ju. Mes parents ont été heureux de retrouver leur fille, leur vraie fille. J'ai cherché activement une formation et ai rapidement trouvé : Aujourd'hui, j'étudie l'ébénisterie, et suis pleinement épanouie.

Laurine a stoppé les sorties abusives et commence, elle aussi, à retrouver sa personnalité. Elle a rencontré une femme très sympa, avec qui elle a emménagé il y a peu de temps. Nous nous téléphonons fréquemment. Au fond, je crois bien que tout ce qui a existé entre Laurine et moi, était réel.

Je n'ai pas de nouvelles de Frank et Doudou, mais je pense qu'ils auront besoin d longues années de débauche, pour enfin réaliser dans quoi ils vivent.

Quant à Isaac, il s'est pendu.

Découvrez la bande annonce de
« Les méduses ont elles sommeil ? »
sur Youtube,

et rejoignez l'auteure sur Facebook pour
plus d'actualités !

5734242R00093

Printed in Germany
by Amazon Distribution
GmbH, Leipzig